若兰如云

辛娟 著

陕西新华出版
陕西旅游出版社

图书在版编目（CIP）数据

若兰如云 / 辛娟著. — 西安 : 陕西旅游出版社, 2020.9（2024.1重印）

ISBN 978-7-5418-4009-8

Ⅰ. ①若… Ⅱ. ①辛… Ⅲ. ①散文集－中国－当代 Ⅳ. ①I267

中国版本图书馆 CIP 数据核字(2020)第 181892 号

若兰如云　　辛娟 著

责任编辑：晋枫森
出版发行：陕西新华出版传媒集团　陕西旅游出版社
（西安市曲江新区登高路 1388 号　邮编：710061）
电　　话：029-85252285
经　　销：全国新华书店
印　　刷：盛大（天津）印刷有限公司
开　　本：787mm×1092mm　1/16
印　　张：13.5
字　　数：160 千字
版　　次：2020 年 9 月　第 1 版
印　　次：2024 年 1 月　第 2 次印刷
书　　号：ISBN 978-7-5418-4009-8
定　　价：58.00 元

代序
俗尘之上

／白 描

这几年，辛娟的作品我读得不多，只知道她的兴趣转移到画画上去了，有些画我看过，感觉不错，甚至觉得她的绘画天赋要高于她的写作才华。这也很好，人为什么非得吊死在一棵树上？竹帛所载，丹青所绘，皆是心迹，怕的是内里空空，心无所托，情无所寄。不久前，辛娟把她新著的散文集发给我，要我为她写几句话，我才知道她并没有离开文学，文学仍是她的主攻方向。据悉，除了这本《若兰如云》，还有两部长篇小说《十里稻花香》《百年筑梦》和一部长篇纪实文学《一代名流张子宜》行将问世，这更让人高兴。其实绘画对文学是有帮助的，王维诗画相融，诗中有画，画中有诗，从而创造了辉映古今的艺术高峰。艺术创造本就是率真见性，无缚无碍，一任自然，自由兴作。辛娟的路子是可行的。

这本散文集收集了辛娟的生活感悟、亲情倾诉、行旅记怀、人物访谈，还有美术方面一些评论性文字，可以说杂，像拼盘；也可以说丰盛多样，一如回到故乡，友人点一大桌子吃物让你品尝，各有各的味儿。由此可以看出辛娟无论涉猎什么，都很用心用情，也明白了敏感的心都有很强的感受力，不懈耕耘的人总有收获。

这本散文集起了一个带有禅意的书名，透现了辛娟向往的境界。这境界既是人生的，也是艺术的，同时也看得出，在通向目标的途中，也有一种挣扎，逃离尘世藩篱的挣扎，突破心锁束缚的挣扎。“王维居辋川，宅宇既广，山林亦远，而性好温洁，地不容浮尘”，虽有人说不至于这般阔绰潇洒，但“安得舍罗网，拂衣辞世喧。悠然策藜杖，归向桃花源”，这样的自得其乐，却是真的，闲、静、空、寂四字，可以概括他的心趣镜像，也可以概括他的诗歌意绪。现代不会再有王维，现代人深陷于俗尘之中，无可逃遁，形神疲惫，心怀纠结，于是便觉得格外疲累。在辛娟的散文里，我们能读出这样的感觉。

但人是会给自己寻找寄托的，那便是搁置灵魂的地方，佛界的兰若即是一处。我曾给人题赠对联：“极清闲地是兰若，观自在春于竹林。”

在这本散文集里，我们看到了辛娟的执著找寻。

她的找寻，也是众多人的找寻，因之也就有了更大的意味。

2020年6月16日于泾谷山房

目录

第一章 故园亲恩

第二章 岁月拾遗

第三章 心灯一盏

第四章 水墨书香

代后记

第一章

故园亲恩

婆婆

幸福的家庭都是相似的，不幸的家庭各有各的不幸。

多年来，我一直拒绝写关于婆婆的文字，不是我不想写，而是写作时太艰难。当我一次次省略掉关于婆婆的章节，我能感觉到内心里积雪和结冰的厚度。但是，我也有婆婆呵！那个十月辛苦怀胎，一朝分娩生下我丈夫的女人；那个在43岁便失去丈夫守寡，苦苦支撑起风雨飘摇之家的女人；那个含辛茹苦，独自把四个孩子养大的柔弱女子。我仔细回想婆婆的优点和好处，我努力为她沧桑的额头贴上光环，我想把自己最纯洁的爱给她，因为我也已经是母亲了。可是，那个在我婚礼前哭过闹过反对过诅咒过我的女人，那个在我坐月子第三天便丢下我和嗷嗷待哺的女儿回老家的女人，那个对我百般挑剔万般刁难的女人……

我是曾经带着丈夫世上最亲的那个人的哭泣、反对和恶语成为他新娘的。为一台彩电、几样破家具、一套花布婚礼服，婆婆说：“你们这样大操大办，存心想让老二打光棍……”

当我终于面对婆婆这一章节时，我的脑海里一片空白，之后，依旧是张皇失措……

此刻，夜深人静，我独坐在电脑前，时节刚刚进入10月，一阵冷风吹过，使我感到一阵寒意。过去发生在我和婆婆之间的许多事儿，像海啸似的，击风踏浪，一路呼啸而来，想躲都来不及，有一股铺天盖地的苍凉奔腾而来，像讲述一个遥远的故事。

穿越时光隧道，一下子回到二十多年前的那个骄阳似火的夏天，那时我第一次随丈夫去他家。路上他对我说："我妈有些那个……"他欲言又止，在我一再逼问下，他说："其实也没什么……总之，你多包涵点啊！"他支吾其词。当我到婆婆家后，婆婆以农村妇女特有的审美标准来衡量她未来的儿媳。眼前这个留着披肩长发，穿着连衣裙，涂着口红，穿着高跟鞋的女孩已经让她看着很不顺眼了。人给人的第一印象是非常重要的，一旦留下不好印象，是很难改变的。

进门刚落座，丈夫便张罗倒水，可他一拎起暖水瓶，发现里面是空的，婆婆就上前指使丈夫："去，让你媳妇烧水去。"丈夫赶忙说："还是我来吧！""一边歇着去，这哪是男人干的活。"婆婆说道。事已至此，我只好坐下烧开水。虽说我在县城长大，对农村生活并不陌生，但父母亲都是教师，我从小在学校长大，烧水用蜂窝煤炉子，不会拉风箱。我像一个蹩脚的小炉匠，风箱拉得短而急促。麦秸秆潮湿，浓烟滚滚，瞬间，房里呛得已经待不住人了。我被呛得直流眼泪。丈夫再次跑过来，说："我来吧！"他刚落座，身后便传来他母亲的大声呵斥："起来，别坏了咱家的规矩。"

"她不是不会嘛，我教教她。"

"烧锅还用教？我家人老几辈都这样过来，没人教过。"

我再次坐下烧水，心想，偌大的一铁锅水，什么时候才能烧开呀。丈夫和婆婆呛得受不了，相继都出去了。房子里只剩下我一人，我感到那样孤立无援，委屈极了，泪水、汗水和在一起，一任尽情流淌。心想，这个婚还是不结得好。要不是看在丈夫的面子上，我早起来走人了。这时，我听见他们在院子里激烈地争吵，只听丈夫说道："妈，你怎么这样？她从来就没烧过锅。"

"谁也不是天生就烧过锅！不管是什么千金小姐，嫁到咱家就要守咱家规矩。俗话说得好！嫁鸡随鸡，嫁狗随狗，嫁个猴子满山走。嫁到官人家当娘子，嫁到屠夫家翻肠子……"

"妈，打住，我不想听你絮叨了。"

"妈这也是为了你日后好，常言道，打到的媳妇揉到的面。女人不能惯的。"

"妈，现在是新社会，男女平等。你那一套是行不通的。"

"事在人为。"

"人家有文化，不吃你那一套的。"

"那我让她烧锅，她还不是在烧吗？"

"人家那是有教养，不想驳你面子。"

"我说儿子，妈是过来人，你就放手让妈调教吧。"

"妈你是不是成心想搅黄这件事儿？"

"儿子呀，咱是娶媳妇，不是娶天爷爷呢！难道还把她娶回来供着不成！国有国法，家有家规。如果她受不了，就算了，妈给你重找一个比她好的。"

"你也不看看你儿子是什么条件？"

"我儿子差个啥？长得浓眉大眼的，要我说，她还配不上你。不就是有文化吗？手不能提，肩不能挑的。有什么了不起的，我还就瞧不起这号女人。再说了，娶媳妇，是要持家过日子的，有文化顶屁用。你妈没文化，斗大的字不识几个，日子照样过在别人前面。哦，对了，眼前就有个合适的。儿呀，你看咱村小俊，身体多壮实，干活肯定有劲，咱家正好缺劳力。”

“那你就给我娶头牛吧！”

“不是妈说你，你那媳妇是苗条，可中看不中用呀！你没听老人说，找个身体好的，做贼都有劲。”

“妈，你说的是什么话呀！我和你说话是秀才遇到兵，有理讲不通。”

“好呀！你欺负你妈没文化。”

“我懒得跟你说了。”

丈夫说完，拧身就走，径直进了房子，对我小声说：“对不起，让你受委屈了。你再忍耐一下，等烧开这锅水，咱就找借口走人。”

这就是我第一次去婆婆家的经历，饭都没得吃，就落荒而逃。

我生孩子前夕，丈夫叫婆婆来城里，准备孩子的衣服和被褥。那时，我在城中村租用的民房，婆婆和我同住一室，她边缝边说：“你二姐刚结婚那阵儿，也不会缝棉衣，我给人家教了一次，人家就学会了。”“你看你大姐，过日子是一把好手。平时哪些钱该花，哪些钱不该花，都是有计划的。人说，吃不穷穿不穷，划算不到一世穷。”婆婆通过夸自己女儿心灵手巧，来映射我愚笨、不会过日子。婆婆有强烈的家族自豪感，她固执地认为，天为老大，她家族的人为老二。她的儿女个个最优秀，无人能及。闲暇时，婆婆对我说：“男人是个耙耙子，女人是个匣匣子，不怕耙耙没齿，就怕匣匣没底。”

其间，房东的儿媳和她婆婆吵架，媳妇指着婆婆的鼻子骂。

我婆婆劝架回来后，气得不得了："现在的媳妇反了，反了教了，一点规矩都不懂！我们当媳妇那会儿，在公婆面前唯命是从，连个大气都不敢出。"我说："现在的女人命好，赶上好时代了。"婆婆说："是呀！是呀！你们命好，赶上好时代了。"

不久，母子"战争"拉开序幕。

"战争"的导火索是因为一杯牛奶。一天早上，我刚醒来就直喊肚子饿。女人怀孕时可能都这样，一天到晚总感到肚子饿。情急中丈夫给我冲了一杯牛奶，忘了问他妈。当他发现母亲不高兴时，马上问："妈，要不给您也来一杯？"婆婆说："你妈嘴长得高级么，还配喝牛奶？"

"妈，对不起，我一时的疏忽。"

"别哄你妈了，你分明就是娶了媳妇忘了娘。"说完就抹起泪来。

对于婆婆这种举动，我深表理解。婆婆四十出头就开始守寡，母子相依为命，她对儿子寄予了太多的感情，倾注了太多的爱，现在半路上突然横空杀出个女人，夺取或分享儿子对母亲的爱，你说母亲的心里能舒坦吗？不闹才怪呢。

丈夫说："妈，我错了，以后改正。"

婆婆说："你什么时候错过，错的都是你妈。"婆婆又是哭又是闹的，声音很大。

丈夫说："妈，我已经给您认错了，你这样不是胡搅蛮缠吗？"

"谁胡搅蛮缠了？你个没良心的，当初为了让你顶替你父亲进城上班，你妈怎样低三下四求人。"婆婆的哭闹声越来越大。

"妈，别价，让外面人听见笑话。"

“我就是要让人知道，我的儿子多么不孝顺。”

“妈，你小声点，我错了还不行吗？”

后来，我生孩子，丈夫不停地采买，大把大把地花钱，一会儿，买回鸡鸭鱼肉、奶粉、菌类；一会儿，又买回孩子的童床、童车……节俭了一辈子的婆婆，精打细算不乱花一分钱的婆婆，看不惯儿子花钱大手大脚的做派。终于有一天，娘俩的战争又爆发了。战争的导火索是孩子的奶瓶。婆婆说：“一个奶瓶就三十多元，多浪费呀！”

“就一个孩子，不给她花给谁花呀！”

“你心目中只有你孩子，还有谁呀？”

“还有你呀！”丈夫嬉皮笑脸地说。

婆婆突然放声大哭道：“你们一天糟蹋的，都够老二一个月的吃喝用度了。”

我们一下都怔到那里，手足无措了。

最后母子战火的平息，以丈夫每月资助老二贰佰元贴补家用为条件。

小叔子婚前衣服、鞋子和一应生活用品都由我们负责。他结婚时的内衣、毛衣、西服都是我们给置办的，西服的扣子都是我亲自给钉的。以至于小叔子结婚多年，他穿的毛衣还是我给织的。

晚上，背过婆婆，我对丈夫说：“我怀疑你不是你妈生的啊！她怎么吃曹操的饭，总给东吴谋事呢。”

“父母总想一碗水端平，心里总是惦记日子穷的那个孩子。”

“要我说，你妈就是偏心眼。”

不久，婆婆和丈夫又开战了。我偏谁向谁都不合适，只好扮演了哑巴的角色。又是那些老话。婆婆说她儿子："你分明就是娶了媳妇忘了娘。"

"妈，你这不是胡搅蛮缠吗？"

"谁胡搅蛮缠了？你个没良心的，你爸走得早，我既当爹又当娘，把你们兄妹几个拉扯大，我容易吗？"婆婆又是哭又是闹的。

"妈，别价，让外面人听见笑话。"

"我就要让人知道，我的儿子多么不孝顺。"

"妈，你小声点，我错了还不行吗？"

在丈夫上班后的一个上午，婆婆不辞而别，撇下需要人照顾、正在月子里的我和她嗷嗷待哺的小孙女。

天底下的事就是这么奇怪，你盼什么，什么偏不来。我生了个女孩，弟媳不久也生了个女孩儿。

一次回老家，在门口我无意中听到婆婆对她的儿子说："你们弟兄俩全都生的丫头片子，让俺在村里抬不起头，站在有孙子的女人面前，总像矮半截似的。再说了，我将来到那边怎么对你爸交代。"

然后是婆婆嘤嘤的哭泣声。看来，没有孙子简直成了婆婆的心病了。

我这才明白当初在月子的第三天，婆婆撂下我和孩子不声不响回乡下去的原因了，她嫌我生了个女孩。

婆婆骨子里如此严重的重男轻女思想，让我一直很困惑，甚至会对她生出一丝悲哀和同情来，可怜她身为女人骨子里却对女性如此歧视。女儿作为长房长孙，过满月时婆婆家没来一个人。

婆婆出生在封建地主家庭。从照片上看，她年轻时颇有几分小家碧玉的姿色。千百年来，封建社会制度下形成的“三纲五常”“三从四德”“男尊女卑”的观念，在她的心里根深蒂固。新社会虽提倡“妇女能顶半边天”，但丝毫没有影响和动摇她的观念。公公在世时，公公吃饭没动筷时，谁也不能动；公公去世后，她的大儿子即我的丈夫不动筷子，谁也甭想动筷子。

弟媳在一连生了两个女孩之后，不惜接受乡计生办重罚，又生下一胎。弟媳终于为家里添了一个男丁，为婆婆挽回了面子。婆婆一下子扬眉吐气，笑逐颜开，平添了几分精气神，整天忙着洗刷、换尿布、做饭、抱孙子一应家务活，全然不像六十多岁的老人。弟弟、弟媳、婆婆，一家三个大人，在家里照顾孩子，金贵得不得了。我和丈夫上班，孩子没人照看，刚刚两岁就在幼儿园全托了。

弟弟的孩子满月时，我们一家三口带礼物回家祝贺，乡亲们前来参加庆贺，宴席上不断有人夸奖：“瞧你孙女长得多水灵！”婆婆听后不但没有丝毫的开心，反而引出满肚子怨气：“再水灵也是个丫头片子。哎！原指望大媳妇能生个男娃儿，把俺家的‘根’移到城里去。谁承想给人家做了一锅好饭。”语气里的不屑与嫌弃十分明显，丝毫不顾忌我的感受。

当天晚上，我和丈夫谈起他母亲，我说：“我命也忒苦了，遇到这样一个恶婆婆。”丈夫说：“她原来不是这样的，父亲走得早，生活的重担压得母亲失去了耐性。”我说：“幸而我只是偶尔回家一趟，如果长期住在农村，准会被你妈活活地折磨死。”

后来，每年春节回去不是吵架就是不欢而散，再后来，我干脆不回了。我心想，我和婆婆命中注定犯克，水火不相容。

陕西的地方风俗讲究结过婚的女子大年三十和初一是不能在娘

家过的，所以，多年来，每年过年，丈夫回家，我和女儿一起过年。窗外鞭炮齐鸣，普天同庆，这一切似乎和我们无缘，我们紧关门窗，吃自家几样简单的年夜饭。好在有春晚相伴。抑或大年初一，我带女儿去大街上溜达，人烟稀少，颇有几分冷清。

前年春节，丈夫说："你十多年不回去，村里人都问是怎么回事？"在丈夫的一再坚持下，我将单位发的米、面、油、饮料全带上，怀着忐忑不安的心情到婆婆家。婆婆破天荒给了女儿一百元压岁钱，而给弟媳的两个孩子每人五十元。晚饭后，大家聚在电视机前等着看春节联欢晚会。婆婆说："把电视声音放小一些，我有一件重要的事情要宣布。你们弟兄俩，手心手背都是我的肉。队里卖地分的钱，我的那份要二一添作五，给你们兄弟俩一人一半。"我当即表示不要，让老人留着自己用。

我不知道婆婆是否想用这来表示一下对我多年的愧疚，尽管要强的婆婆从未对我说过一句歉疚的话。眼前的婆婆已经身体佝偻，步履蹒跚。儿孙绕膝的她看起来一脸慈祥，从她的神态上再也看不到以前的精明强干、风风火火了。

如今，坐在电脑前写这篇文章时，我心如止水。想想婆婆这一生也不容易，她生性好强，干活舍得出力，凡事都不甘落于人后。计划经济时期，她在村上时常被评为先进劳动者，奖状贴了一面墙。那年公公突发脑出血撒手离去时，她的大儿子，也就是我丈夫正在上高中，小儿子还在上小学五年级。婆婆硬是咬紧牙关，把两个儿子拉扯大，其间还盖了两次房子。其中的艰辛，可想而知了。

婆婆虽说没文化，但有农村人少有的精明、干练，每临大事有主见，处变不惊。那年盖房子前夕，蟊贼大概是闻到了风声。是夜，月黑风高，几个蒙面人跳墙而入，当时家里只有婆婆、弟媳和两个年幼的孩子。只听蒙面人吼道："要想活命，拿钱来。"婆婆临危不惧，笑着说："小兄弟，我们有事好商量。""少废话，拿钱来。"婆婆说："你看我们孤儿寡母的，也没攒下几个钱，不过兄弟们既然来一趟也怪辛苦的，不能让兄弟们白忙活一场。"她拿起钱匣子说："喏，就这么多，拿去吧！"歹徒拿起钱就走。事后婆婆告诉我们，那钱匣子里顶多有几十元钱。

婆婆善于计划和理财，过日子是一把好手。每天早上天刚麻麻亮她就起床，担水、扫院、做饭，还要干农活。她把里里外外打点得井井有条，房间里迟早干干净净，被子叠得四棱不倒，床上平展得没有一丝皱褶。农家饭说起来简单，但要做得有滋有味不是那么简单。婆婆蒸的馒头又白又暄，正中间点一个艳丽的叫人动心的红点，拿在手里都不忍心咬；擀面条时，盆光、手光、案板光，即使简简单单地炒一把韭菜，吃起来也胜过美味大餐；醋熘白菜，辣椒切成寸段，配以花椒蒜末，用菜籽油一泼，白是白，红是红，吃起来酸酸的、脆脆的，格外爽口；玉米粥熬得黄灿灿、香喷喷的，让人吃一碗后忍不住还想吃第二碗。农村妇女中，她堪称佼佼者。这样想来，我还有什么不能释然的呢。

婆婆晚年来城里小住过几次，由于脑血栓留下的后遗症，她的手脚不是很灵便。她依然爱干净，常让我女儿帮她洗头洗脚，只是言语越来越少，整天睡觉。

婆婆后来走得很快，没有受罪，享年 84 岁。

听村里老辈人说，这是因为她生前修行好，福报好。

在婆婆的葬礼上，我哭得跟泪人似的。多年来，我和婆婆的关系并不好，对于这种反常的行为，家人很不理解。事后，连女儿都问我，这是为什么？我说："想知道，我偏不告诉你。"

是呀！我们的关系并不好，原本也没有多少感情。只有我和丈夫知道是什么原因，我想起婆婆曾经对我说过的话，我当时不以为然，根本听不进去。要是我当时能听进去一些，哪怕是十分之一，也不至于日后发生那么大的事情！

可惜这个世上，唯独没有卖后悔药的。每天的生活都是现场直播，没有重播和从头再来的。我不谙人情世故，不知世事的艰难、人心的险恶。她一个农村老太太，大字不识几个，但八十多年的生活阅历使她对人情世故洞若观火，在什么场合，该做什么事，该说什么话，门清！受过高等教育的我，自叹弗如！这大概就是读万卷书，不如行万里路吧！

婆婆是平凡的，她是中国千百万劳动妇女中的普通一员，然而，正是这千百万劳动人民谱写和创造着中国的历史。她以她的勤劳朴实、精明强干，诠释了一个中国劳动妇女的传统美德和丰满的人生。

红了半个脸的一串葡萄

秋日，蓝天白云下一排排大雁南飞，学前班放学后，我总是站在家门楼旁边的葡萄蔓下，寻觅着有没有早熟的葡萄。功夫不负有心人！一天，我终于找到一串红了半个脸的葡萄，把我乐坏了！心里美滋滋的。美中不足的是，葡萄藤蔓缠在枣树梢上。我使劲地摇呀摇，葡萄没摇下来，倒是摇下来了几颗带伤疤的青枣，我很是失望。

父亲那时是我们镇上的小学校长。一天，父亲放学回家，我让父亲给我摘下那串红了半个脸的葡萄，父亲抬头看着一树的青葡萄，说："还没有熟呢！现在采摘为时过早。"我说："瞧，那里有一串红了半个脸的葡萄。"我用手给父亲指让他看。父亲顺着我的手望去，摇了摇头，说："还没有熟透，摘下来也是酸的。"我说："酸的，我也喜欢吃。"

父亲说："太高了，不好摘。"我拉着父亲的衣角，摇来摇去，不停地哀求父亲说："娃娃想吃嘛！"父亲说："不行。"我很生气，嘟囔道："平时里说疼我，愿意上天给我摘星星，捞月亮……""宝贝，再等两天。"父亲笑着拍了拍我的头，走开了。我心里老不高兴。

翌日，放学后，我先到家，爸爸妈妈还没有从学校回来。我自己上树，枣树上到处都是枣刺，我正小心翼翼地往上爬着，好在我手脚麻利、身轻如燕，很快就爬到目标附近了。在这节骨眼上，我听见有人在门口不远处的大路上和父亲打招呼：“先生哥，放学了。”我一慌，从树上跌跌撞撞地摔了下来，衣服挂烂了，脸上也开了花。我躺在地上大哭不止，让刚进门的父亲撞了个正着。那位叫我父亲“先生哥”的后生听到哭声也跟了进来。我哭着冲那人说：“都怪你，谁让你叫先生哥呢！”父亲一边拍打我身上的土，抱我起来，一边说：“不许无理，怎么能怪叔叔呢！怪你自己不小心。”这时，身兼人民教师和赤脚医生的母亲也回来了，伸了伸舌头，没吱声，赶紧回屋拿来医药箱，一边给我擦伤，一边心疼地说：“看摔成啥了？衣服成了柳丝绦。这就叫为嘴伤身！我不是答应……”我再次大哭，气急败坏地说：“你们大人都是骗子！”因之前，我曾不止一次对母亲说过，我想采摘那串葡萄的事，我一再央求母亲说：“娃娃想吃嘛！”母亲答应：“等你父亲闲了我让他给你采摘。”父亲说：“此话怎讲，你给孩子答应什么了？”母亲欲言又止，脸部和眼圈都红了，小声说：“没什么。”还是叫“先生哥”的那人打破了沉默，他说：“先生哥，今天娃摔了，都怪我。让娃好生将息，这也是个灾池！”说完他难为情地走了。堂弟年龄小，吐字不真，也说：“让娃好生康息，这也是个灾池！”他吐字不准，把我逗得破涕为笑。不久，那后生的母亲来了，拿手帕包了几个鸡蛋和十几颗葡萄干，临走时也说：“让娃好生将息，这也是个灾池！”堂弟笑了，我也笑了。堂弟问：“姐姐，为什么他们总说这句话，什么意思呀？”我说：“我也不知道。”晚上临睡前，母亲又来给我换了纱布抹了药水。我撒娇着说：“娃娃要喝甜甜水。”我喝完水后，母亲看我睡下才关灯走了。我听见隔壁房间父亲对母亲说：“曾子杀猪给孩子吃的故事，你难道不知道？”母亲自知理亏，没有吱声。父亲又说：“答应孩子的事就必须兑现。”

那时，也没有塑料大棚，想买葡萄根本不可能。第二天父亲找来个梯子，搭在门楼上。他肥胖的背影对着我，艰难地爬到门楼上，可还是够不着，然后又爬上树枝，一路过五关斩六将，披荆斩棘，终于给我摘下红了半个脸的那串葡萄。他手上、胳膊上都被密密麻麻的枣刺划伤，留下了一道道细细的血线。我心疼得不行，不住地用小手抚摸这些划伤处。父亲笑着说：“没事，就挂破点皮。吃吧，宝贝！”父亲笑了，我也笑了。

我吃葡萄时，正如父亲所言，葡萄的确是酸酸的，但我的心是甜甜的。我敢说，这是我有生以来吃到的最好的葡萄，酸酸甜甜，有温度，有亲情，有味道，是父亲的味道。

这时，母亲走过来，指着我的小脑门，笑着说：“馋猫！我说没熟，还不信，酸吧。”我说：“不要你管，酸酸甜甜我自知。”我还在生她的气，嫌她骗我。

父亲一生热爱文学和绘画，早年有一篇散文《借镰把》曾在《西安晚报》发表，大意是反映土地改革，分田到户，农民劳动积极性空前高涨的文章。文章是以村里懒惰出名的二婶借镰把，破天荒地下地参加劳动为原型创作的。他把那篇文章剪贴在一个精美的日记本上。后来我从事文学创作，每每发表“小豆腐块”文章，他全粘贴到那本日记本上去。逢年过节，来人来客他总是拿给人看，其喜悦之情不亚于在闹市开一家日进斗金的旺铺。我的长篇小说

《月亮背面》开研讨会时，父亲发言并和陈忠实老师合影。贾平凹主席因有事提前离场，没能和贾老师合影，成了父亲永远的遗憾。父亲后来多次对我说：“以后你新作出来再开研讨会，一定通知我，我要和贾老师合影。”父亲除了爱好文学还喜欢书画，退休后上老年大学，学习国画，画的第一幅画就是葡萄。父亲让我看时，对我说：“老师夸我呢，说我画得最好！还让我当班长呢！”

我问父亲：“你为啥要学画葡萄呢？藤蔓类的比较难画。”父亲说：“葡萄寓意好呀！在中国，葡萄果实成串多粒，表示积善纳福、多子多福，寓意人丁兴旺。你想，种一颗种子，结上万个果实，寓意一本万利，硕果累累。”在西方，葡萄象征宽容、博爱。柔和的葡萄紫色，代表着关心，给人安全感。在《圣经》中，葡萄藤是洪水过后诺亚种下的第一棵植物。所以，葡萄的象征意义在基督教中随处可见。我写的《一代名流张子宜》最初的书名就叫《上帝的葡萄树》。我怎么能不知道这些呢！

父亲因胃癌做了手术，时不时还需要住院化疗，在这期间也一直坚持在老年大学学习国画。听母亲讲，有一次她陪父亲去上课，路上父亲走走歇歇，直说腿困得很！最后还是坚持走到学校上完了课。我难以想象，他是怎么坚持上完最后一课的，后来父亲还想去上课，可是走到半路实在走不动了，只好回家。翌日，父亲就住进了医院。令人心碎的是，过了几天老年大学的老师打来电话问候：“辛老师最近怎么没来上课呀？”电话这头的母亲哽咽着说：“他走了……”

如今，世界上最疼我的那个人去了，带着他未了的心愿，永远地离开了我。我成了个没有父亲的孩子了，没人呵护，没了靠山，更没处撒娇。从此，阴阳两隔。我喜欢写作和画画，也是受父亲的潜移默化影响的。我画山水的同时也在画葡萄，也是为了纪念父亲，完成他的心愿。我想，父亲如果地下有灵的话，一定很欣慰！

当下，虽说大棚搞乱了季节，但极大地满足了人们的食欲，一年四季各种时令水果，应有尽有，想吃葡萄随时都能买到。况且我还整天画葡萄，一篮子一篮子，温润可口、令人垂涎欲滴的葡萄，满筐圆实骊珠滑，却激不活我的味蕾，没有一点想吃的冲动。时间是世间最无情的杀手，它可以收割生命，可以摧毁一切，可以抹去或洗刷过去的记忆，甚至可以做到不留下一丝痕迹。可有些事情，比如亲情、爱情，是永远抹不去的。要不怎么会说，亲人不死，爱人不灭。童年的许多事情都和我渐行渐远，难以忘却的是父亲给我摘的那串红了半个脸的葡萄。

传承

那一年清明节，倒春寒，天上时不时飘下一些雪花，父亲带我去王曲皇甫村给柳青扫墓。站在柳青墓前的麦田里回望，远处的终南山、滈河和附近零零散散低矮的村舍，都被笼罩在浓浓的阴霾中，空气极其寒冷而潮湿，抓一把都能抓出水。父亲语重心长地对我说："爸爸一直想当作家，这些年疲于生计奔波，无法实现这个梦想。希望你将来长大能成为一名作家，像柳青一样，做一个对社会有用的人。"我懵懂点头，那一年，我 12 岁，酷爱文学的父亲便为我日后搞文学创作播下了种子，从此，我和文学结下了不解之缘。在日后的经年岁月里，这颗种子生根，发芽，开花，结果。

从我记事起，父亲不止一次给我讲柳青的生平和创作情况。听父亲说，当年柳青原本可以留在许多人梦寐以求的首都北京工作，但他选择了陕西长安皇甫村，他是带着使命感来写这里的土地和人民的。我常想，如果没有对文学的纯粹情怀和对土地、农民的大爱，他是不会华丽转身的。

父亲还说，柳青初到长安时，上着雪白的衬衣，下穿西式背带裤，脚蹬油黑发亮的皮鞋，鼻梁上架一副金丝眼镜，一身作家的行头，甚是斯文！扎根农村十多年后，他完全把自己变成农民了，黝黑的脸膛，和关中农民一样，剃光了头，冬天戴毡帽，夏天戴草帽。他穿的是对襟袄、中式裤、纳底布鞋，扎在关中庄稼人堆里，没有人能认出他是个作家。“文化大革命”中，柳青那瘦小的身板遭受连续不断的游街和各种各样的折磨，但这个倔强的老人即便在最困难的日子里，也始终是对党忠诚，没有丝毫怨言；重病缠身，仍然不放弃写作。因为他心中有大爱，才会舍小爱，舍弃优越的城市环境，举家迁到皇甫村。他深知自己是土地和人民的儿子，心里装着老百姓的疾苦，捐出稿费改造农村基础设施，自己吃着粗茶淡饭，过着极俭朴的生活。

缘于父亲的期待，从二十多岁开始，工作之余，我摸索着写作。后来，常有“豆腐块”作品出现在杂志或报端。酷爱文学的父亲把这些“豆腐块”整整齐齐地码在一个剪辑本上，逢年过节，或家里来客人了他就会喜滋滋地拿出来示人，其喜悦之情像是在闹市开了一家日进斗金的旺铺。

2000年年初的一天，春风和煦，我回家看父亲。茶余饭后，父亲笑嘻嘻地说：“闺女，你不要总是写‘豆腐块’，啥时能给咱盖个大房子。”我迟疑了一下，笑着说：“我试试看。”父亲说：“我建议你好好看一下柳青的作品。一来他的作品起点高，厚重扎实，挖掘人性有深度；二来他的作品是写王曲皇甫村的，王曲和咱太乙宫紧挨着，好多习俗和方言是相近的。”我说：“好。”

于是，我找齐了柳青的作品，认真阅读，仔细琢磨，反复思考。由于思想上、心灵上受到启发，我开始尝试写小说，先是短篇，再是中篇，后是长篇。2003 年，我出版了长篇小说《场面》，时隔三个月再版，极大地激发了我的创作激情，之后长篇小说《底牌》《月亮背面》相继出版，还得了一笔不菲的稿酬。

父亲在欣慰之余，说："人这一辈子有多少钱是个够呀！广厦千间，夜眠仅需六尺；家财万贯，日食不过三餐。作家在物质生活上不能贪图安逸。你看人家柳青，把《创业史》第一部的稿酬全部捐给王曲公社，创办机械厂。柳青虽然住在农村，但思想前卫，骨子里很现代，会外语，阅读量大，国际国内新闻、外面发生的一切他都知道。创办机械厂后，农村长期以来靠犁靠牛靠人的情况有所缓解，减轻了劳动的苦累。"父亲说："柳青立志当个善人。一个作家把稿费捐出来创办实业，这本身就是善举。正因为他是个大善人，才有捐款的善举呀！事实上，柳青的日子并不宽裕，疾病缠身，家里又有一群孩子。但他很少考虑自己，心里更多地装着老百姓！这样心系群众的作家，如今打着灯笼只怕也找不到一个了吧！现在的作家为啥写不出好作品，柳青为啥能写出好作品，是因为人家人品好，境界高，心怀天下，情系百姓。"

2014 年，父亲的病情日益加重，他对我说："现在的一些作家，不接地气，一味地坐在办公室瞎编乱造，无病呻吟。你啥时能像柳青一样，下势扎根在群众中，写一部有筋骨血肉皮毛的反映咱家乡长安的小说，爸到九泉之下，也就心满意足了。"

我点头答应，深深地感受到父亲的殷切期望，心里沉甸甸的。

当年，受省委宣传部和省作协委派，我去长安定点深入生活，写人性的多面、复杂，写反映中国农村发展变化、中国农民生存状态的小说，走和柳青相似的一条路子。父亲说，柳青认为，做文是做人的自然延伸，作家要做好文，首先要做好人。父亲说人正才能心正，心正才能写出好作品。言为心声嘛！针对我正在写的农村题材的作品，父亲对我提出“七不”“二寻找”的创作要求：不隔靴搔痒，不道听途说，不无病呻吟，不居高临下，不冷眼旁观，不蜻蜓点水、浮光掠影，不坐在办公室纸上谈兵；在生活中寻找艺术、寻找细节，在群众中寻找鲜活语言。

从柳青的创作言论中，不难发现柳青的创作历程，先是阅读经典，再是研究经典，后是着手写出经典。柳青说：艺术的永恒，是细节的永恒，那么细节既要生动，也要丰富。所以，作家“深入生活”的效果是用“生活深入作家”的程度来反映的。在创作实践中，我仔细琢磨和品味柳青这些创作言论，以便指导自己的写作。

如果没有地方语言的特点，作品就失去了生活的真实感和气氛，但使用过多的方言，许多读者看不懂，同样感受不到生活的气氛。如何处理好书面语言、生活语言和地方语言的协调，这也使柳青费了不少心思。

柳青的经验告诉我们，作家的艺术成就与对生活挖掘的深入度成正比。受柳青创作经验的影响，也基于父亲的谆谆教诲，两年来，我跑遍了长安的山沟、峪口、村寨，采访大量村民，搜集了大量的故事，完成了具有浓郁长安特色的长篇小说《燕子不来香》。

习近平总书记在文艺工作座谈会上的讲话，要求文艺工作者“深入群众、深入生活”，要“身入”“心入”“情入”。为贯彻此精神，我决心把自己变成一个农村基层干部，变成一个和人民同呼吸共患难的作家，而不是一个搜寻写作材料的旁观者，一个局外人；在生活中寻找艺术，在艺术中融入生活，并努力把二者完美地结合和统一；继承并弘扬柳青精神，扎根基层，潜心创作，尽快完成自己的终南三部曲创作。

怀念我的父亲

多年来，我忙于我的工作，父亲惦记他的学生，我们很难聚在一起说说话，聊聊天。今天是清明节，我谢绝了一切社会活动，把自己一个人关在房子，和父亲说说话，我想他在九泉之下，一定能听到我的心声和忏悔。

人说，亲人不死，爱人不灭。对此，我深信不疑。

从我记事起，家里一直不宽裕，那时母亲还是民办教师，每月生产队给记十个工分，发 10 元钱的补贴。父亲姊妹七个，一家十二口人，他排行老大，日子过得十分艰难。有一年母亲带我去王曲赶集，用卖猪仔的钱给我买了一件红底黑花的灯芯绒上衣，别提我有多高兴了，一路蹦蹦跳跳地跑回家。可谁能想到回家后，父亲拽住母亲的头发，吼叫："这不知轻重的败家女人……"把母亲结结实实地打了一顿。我在一旁怎么也拉不开，伤心地哭了很久，从心里恨他小气抠门。

从小，我对"饥饿"一词就有切肤之痛。那时总是吃了上顿没下顿。幸好，我家旁边就是生产队的桃园，我们成群结队的孩子和看桃人捉迷藏，我们通常爬上桃树，从毛茸茸的青涩桃子开始一直享用到桃子成熟。在我小时候的记忆中，父亲几乎没穿过完好无损的鞋，大拇指总是“探头探脑”地向外张望，像一个不谙世事、好奇心很强的孩子的眼睛。

作为校长，父亲放学后经常在疗养院门口的菜市场为廉价的莲花白叶子和卖家讨价还价。那时，我从一旁低头经过，面红耳赤，觉得十分丢人。

那时，家里用钱的地方很多，经常入不敷出。

家里没钱买煤，做饭都成问题，父亲周日经常上山砍柴。一次，由于饥饿，眼前一黑，连人带柴滚下山坡，幸而挂在一棵树上，捡回一条性命。每年农历二三月，青黄不接，周日父亲经常到周至、户县（今鄠邑区）一带借粮或买粮，通常借人家的是玉米，还人家的是麦子。那时白天有民兵小分队执勤巡逻，父亲只好晚上悄悄赶路，几次险遭狼口。为了贴补家用，父亲和村民结伴上山割砍竹子，头上顶着毒日子，脚下踩着竹签子，上衣变成斗篷子，裤子扯得像裙子。其间的艰难，恐怕只有和他同行的人知道。那时没有油吃，爷爷上山采漆籽，奶奶把漆籽捣碎替代油烧菜，烙玉米饼，初次食用，全身会过敏，形同湿疹，奇痒难忍，但还是禁不住想吃，不吃饿得慌！

父亲是困难时期过来的人，多年来养成了节俭的习惯，花钱手一直很紧，可是但凡给我们买学习用品，一点也不心疼，那年时兴“的确良”衬衣，但凡在外工作的人都穿上了这样的衬衣，父亲省吃俭用，攒了许久，最终没舍得买，却给我买了一套高考复习资料。

我的父亲尤其爱好书画，我家墙上挂满了大大小小的书画镜框，知道的人，知道是我父亲喜欢收藏书画，不知道的人还以为我家是画廊，营销书画呢！

2010年我的长篇小说《月亮背面》出版，在陕西文坛引起较大反响，河南文艺出版社和陕西省作家协会联合召开作品研讨会，开会的前一天晚上，我和父亲商量研讨会有关事宜，父亲说：“闺女，你给爸争气了，爸一辈子都想当作家没当成……”

在我们的谈话中，父亲几次欲言又止，我发现端倪后说：“爸，您是不是有什么话要说？”他迟疑了一下说：“还是算了。”

我说：“爸，您有什么话不能对您女儿说？”

他说：“我能不能在你的研讨会上发个言？”

我说：“当然可以。”

一阵沉默后，他又支吾道：“我能否和陈忠实、贾平凹老师合个影？”

我说：“可以呀！”

他笑了，释然了。说话间，他就像鸡啄米一样打瞌睡了。我扶他到床上躺下，瞬间他就发出均匀的鼾声。望着他稀疏的头发和蜡黄的倦容，我眼窝一阵阵热辣，感到肩上沉甸甸的。

在我的记忆中，我可怜的父亲没有吃过好的，也没有穿过好的。后来我们姊妹俩考学相继进城工作后，家里的条件有所好转，父亲也退休了，我想父亲该享两天清福了，可造化弄人，父亲却查出了贲门癌，在医学院做了手术，将胃全部切除，用十二指肠做了个人造胃。做完手术后的16年里，我可怜的父亲没有过过一天舒坦的日子，每次吃完饭，他都对我母亲说：“老胡，快拿电宝宝，我胃胀，我难受！”他蜷缩在沙发的一角，面部抽搐，抖动不已！

2014年，从春节开始，父亲隔三岔五住院。有一次，父亲给我打电话说他想我了，让我去医院看他。我说我搞毕业创作，只能周末去医院。我哪里知道父亲已经病入膏肓了。也怪我当时大意了，我想，父亲一次次住院，都化险为夷了，这次也一定能闯过这一关。我哪里知道父亲身体日渐消瘦，一日不如一日，癌细胞在二十四小时肆无忌惮地吞噬着他孱弱的身体。医生明确告诉我们任何药物都无法医治，已无力回天！每每想起此事，我后悔不已。

《孝经》上说："百事不顺，皆因不孝。"如果说能弥补一下我对父亲的亏欠，老天您就尽管惩罚我这个不孝顺的孩子吧！最后一次住院时，父亲拉着我女儿的手，说："欣欣，爷爷看不到你结婚了，也看不到你弟辛思杰考上大学了。"父亲又拉着我的手说："爸爸也看不到你的画展和新书了。爸不想死，爸只想再多活两年，只两年……"豆大的泪珠从父亲的脸上滚落，像断了线的珠子。我实在看不下去，冲出病房，在楼道任泪水尽情流淌。作为他的至亲至爱，面对他的病，我们却束手无策，眼睁睁地看着死亡之神在一步步向他逼近。这怎能不使我肝肠寸断，心胆俱碎！

在父亲最后的一段日子里，我翻阅了一些医学资料，是关于临终关怀的，这也许是我当时唯一能做的事情。人在走投无路的情况下，会向宗教求救。我开口念佛，向佛菩萨求救，希望能留住我父亲的生命，出现奇迹。当我让父亲念"南无阿弥陀佛"时，他欣然接受。我告诉他，死亡只是生命的一种转化形式，佛会保护他去天堂，那里满是阳光、鲜花、净水……没有痛苦、烦恼、忧愁……

父亲走前告诉他的好友文飞哥说他有三个遗憾：一是没有看到女儿的画展和新书出版，二是没有看见孙子考上重点大学，三是放心不下老伴胡老师。现在知道我为什么把签名售书和画展放在清明节了吧，那是为了圆我父亲的梦。

父亲，我的画展地址在郭杜樱花广场南文苑中路500米路西长安文化中心五楼。

父亲，您的孙子也考上一本院校华侨大学了。

父亲，我们也都会对母亲好的，我们会把对您的亏欠加倍还给母亲。

父亲，您的儿孙都很争气，您可以含笑九泉了。

父亲，您安息吧！

后附：

祭父文

呜呼我父，生于战乱，卒于盛世，一生坎坷，受尽磨难。闻父离世，肝肠寸断，心胆俱碎，苦哉苦哉，痛哉痛哉，父亲恩德，无量无边，不孝之愆，卒难陈报。

少时家贫，一家九口，姊妹七人，吃糠咽菜，艰难度日。中学毕业，任村会计，账实相符，毫无差错；后去曹村，执鞭任教，三载有余；三湾建校，四处奔波，筹措资金；后调杏元，普九验收，修缮校舍；老父年迈，重病在床，重返三湾，教学尽孝，两不耽误。辛勤耕耘，桃李天下。功在千秋，利在当下。

婚后家贫，适逢荒年，日子恓惶，一双儿女，正长身体，为了糊口，四处买粮，风餐露宿，受尽难怅。

恢复高考，忍饥挨饿，咬紧牙关，供子求学。改革开放，终见曙光，四邻五乡，下海经商，父亲叮嘱，耐住寂寞，安心创作。作品出版，研讨盛况，逢人就讲，情不自禁，笑逐颜开。

父亲仙驾，子女断肠，父爱如山，永世不忘。音容笑貌，常萦耳旁。承父遗风，为父争光。

安息吧！父亲！

愧疚

——写于父亲节

“树欲静而风不止，子欲养而亲不待。” 过去了不能追回的，是岁月；逝去后想见而见不到的，是亲人。

今天是父亲节，世上最爱我的那个人走了，我已经是一个没有父亲的孩子了，怎能不使我悲痛欲绝，追悔莫及呢!

想想两年前，父亲病重时，我在搞创作。父亲给我打电话，说想我了，而我却说，我正在搞毕业创作，只有周末才能来。父亲说：“那好吧！”他挂了电话。我能想象，电话那边的父亲会是多么伤心和失望。也怪我当时太大意，父亲患贲门癌做了手术后，维持了16年，期间化疗，经常住院，我以为父亲这次住院还会像往常一样化险为夷，成功闯关，谁承想，死神已经向父亲一步步逼近，父亲已到弥留之际，而作为他至亲至爱的女儿，却无动于衷。癌症晚期，癌细胞扩散，无能为力是不争的事实，但临终关怀还是可以做的。我那时被人算计陷害，整天陷于自己的小痛小苦之中不能自拔，全然忘记了自己上有老下有小，忘记了自己为人子为人妻为人母的角色和应尽的义务。由于我的冲动，让父亲在风烛残年担惊受怕，为我的前途担忧，实在不应该呀！每每听到母亲抱怨道“你爸就是因为你的事生了一口闷气，病情才加重的”，我就心如刀割。父亲驾鹤西去那天，我请和尚来家里念经，超度父亲的亡灵，途中，和尚说“按说你父亲还有两年的阳寿”，我不知道他是信口雌黄还是别的什么原因，反正听后我心里一直很自责……

仓央嘉措曾经说过，人生除了生和死两件正事，其他的都是闲事。现在想起来，比起父亲的生命，我那点痛苦算得了什么！我的毕业创作更是不足挂齿！

两年来，我为自己的任性、大意、冷漠、不作为、不尽孝后悔不已。

翻开《佛说父母恩重难报经》中，佛告阿难：汝今谛听，我当为汝分别解说：母胎怀子，凡经十月，甚为辛苦。在母胎时，第一月中，如草上珠，朝不保暮，晨聚将来，午消散去。母怀胎时，第二月中，恰如凝酥。母怀胎时，第三月中，犹如凝血。母怀胎时，第四月中，稍作人形。母怀胎时，第五月中，儿在母腹，生有五胞。何者为五？头为一胞，两肘两膝，各为一胞，共成五胞。母怀胎时，第六月中，儿在母腹，六精齐开，何者为六？眼为一精，耳为二精，鼻为三精，口为四精，舌为五精，意为六精。母怀胎时，第七月中，儿在母腹，生成骨节，三百六十，及生毛孔，八万四千。母怀胎时，第八月中，出生意智，以及九窍。母怀胎时，第九月中，儿在母腹，吸收食物，所出各质，桃梨蒜果，五谷精华。其母身中，生脏向下，熟脏向上，喻如地面，有山耸出，山有三名：一号须弥，二号业山，三号血山。此设喻山，一度崩来，化为一条，母血凝成胎儿食料。母怀胎时，第十月中，孩儿全体一一完成，方乃降生。若是决为孝顺之子，擎拳合掌，安详出生，不损伤母，母无所苦；倘若决为忤逆之子，破损母胎，扯母心肝，踏母胯骨，如千刀搅，又似万刃攒心。如斯重苦，出生此儿，更分析言，尚有十恩：第一怀胎守护恩；第二，临产受苦恩；第三，生子忘忧恩；第四，咽苦吐甘恩；第五，回干就湿恩；第六，哺乳养育恩；第七，洗濯不净恩；第八，远行忆念恩；第九，深加体恤恩；第十，究竟怜悯恩。

……

此刻，坐在电脑前，我泪流满面，泣不成声。

《孝经》说："百事不顺，皆因不孝。"这些年，我在职场经历了大起大落，大恸大悲，大概都是因为我不孝顺父母吧！诸如嫌母亲说话没神啦，嫌母亲唠叨啦，顶撞母亲啦，都是不孝的表现。

今后，我一定要痛改前非。

"教"拆开，就是"孝"和"子"。我认为，中国传统文化就是孝文化。《弟子规》总叙后就是"入则孝"，这是学生主修的第一门课。入就是在家，孝是善事父母，就是在家要善事父母，这是做人的根本。子女心里面要念念不忘父母的养育之恩，点点滴滴都要照顾到父母。

"百善孝为先"，奉劝世人，行孝道要及时，要趁着父母健在的时候，而不要等到父母去世的那一天。

父亲，如果您在天有灵的话，请求您原谅不懂事的女儿，原谅女儿对您的亏欠，我在佛前乞求，让佛再赐给我们一段尘缘，让我来世还做您的女儿，以弥补今生女儿对您的亏欠！

今天我还在诵《地藏菩萨本愿经》回向给您，祈请南无大慈大悲地藏王菩萨慈悲作主，超度您早日离苦得乐，往生净土。

过了一个诗意化的春节

清贫的童年生活中，最盼望的便是过年。因为过年能穿新衣，戴花帽，吃糖果，吃肉肉，打灯笼。记得大年三十晚上，把新衣服整整齐齐放在枕边，一夜从梦中醒来好几回，生怕被人拿走。

大年初一，天刚蒙蒙亮，母亲便起来给我梳小辫，扎红头绳。母亲心灵手巧，用大红毛线给我编织了围脖和发带，她期待的是红红火火的生活，红红火火的日子。

相传远古时候，有一种凶恶的动物，非常厉害，人们把它叫作“年”。“年”每隔三百六十五天出现一次。“年”这东西一出来，就会危害人类，给人类造成很大的灾难。“年”在晚上出来活动，因此人们到晚上都熄灭灯火，整夜不眠，躲避灾害。后来发现，穿的红衣和燃爆竹发出的声响可以把“年”赶跑。于是，每到年末时，觉着“年”快要出现的时候，人们就燃放爆竹来避邪，祈求来年好运。所以过年大放鞭炮的习俗，一直流传到今天。

计划经济时期,每逢过年,生产队便会杀一到两头猪,分给社员。

村里杀猪的地址选在农场上，偌大的一口黑锅，水烧得沸腾，只等屠夫把猪捆绑后放在案板上，一刀子致命丢入锅。去毛后，屠夫在案板上把猪吹得滚圆，大人孩子围成一圈看热闹。人们个个脸上笑开了花，嘴里止不住地吞咽口水，此刻，早已有一千个馋虫在肠胃里大闹天宫了。

现在每每到了炎夏，看到白胖滚圆、光着上身、五短身材的男人，就会想到杀猪的场面，想到案板上那头滚圆的猪和白花花的肉。

除夕守岁，那时候还没有电视，自然没有春晚节目看。晚上大人忙着炸果子、炸麻花、炸油馍，孩子们在雪地里三五成群放鞭炮，堆雪人，打雪仗，追逐，嬉闹，说笑，一个个嘴里都哈着白气。记得那时，家家门口都挂着火红的灯笼。闹够了，疯够了，才回家。

进城工作后，上了年纪，有了一定的阅历，乡愁越来越浓了。尤其是春节，脑海里时常浮现起故乡的小乡村，家中昏黄的灯光，还有妈妈炒菜的背影。

有炊烟的地方就有人气儿，有人气儿的地方就有生活。炊烟袅袅升起，是烟火人间里无须夸张就能欣赏的最美长卷。炊烟袅袅升起的地方，就是让自己感到心安的归处。

远处的村庄农舍上方袅袅炊烟升起，深深的街巷传来狗吠声，深呼吸一口新鲜空气，不得不感慨：这才是生活啊！

随着年龄的增长，也随着农村日益城镇化，生活越来越好，年味却越来越淡了。随着家里老人的相继离世，回家也没有吸引力了。

前年春节，我和丈夫驱车去重庆，之后顺长江而下，去看三峡，以了却我多年的心愿。

沿途风景如诗如画，如临仙境，令人流连忘返，心旷神怡。

我们沿途经过的地方有西安、重庆、丰都县、重庆万州区、巫山县、奉节县、秭归县、宜昌市、十堰市、丹江口市。由于修了三峡大坝，水位上涨，之前的三峡景色部分已经被水淹没，好在小三峡（龙门峡、巴雾峡、滴翠峡）弥补了些许不足和遗憾!

子曰：“知者乐水，仁者乐山。知者动；仁者静。知者乐；仁者寿。”

“水是眼波横,山是眉峰聚。欲问行人去哪边,眉眼盈盈处。”(王观）山水各有千秋，仁智都是我们的追求。

游走于山水，寄情于山水，让山水净化我们的心灵，洗涤我们的浮躁，少一份欲望，少一份功利，多一份恬淡，多一份悠闲，诗意地栖居，诗意地生活。

五月槐花香

五月，那碎白花蕾密密地连在一起，一串一串儿在绿叶间灿烂绽放，挂满枝头，让山野一片雅白。那清香淡淡地弥漫在微风中，沁人心脾，使人慵懒的心莫名地涌动，有了上山赏槐花，做槐花饭的渴望。

又逢一年一度槐花飘香的季节，一串串洁白的槐花缀满枝头，淡淡的清香在空气中弥漫，一下子把我的思绪拉回到童年的时光。

小时候，最爱吃的莫过于妈妈亲手蒸的槐花麦饭，那个香呀，没法言说。以至于进城工作生活几十年了，吃过不少名贵大餐，仍好这一口，因为槐花麦饭里有妈妈的温度和妈妈的味道。

五月，家乡就是一个槐花飘香的世界，黄色的迎春花还没有开尽，槐花的嫩叶就在丛林中悄悄生长，晚来的绿更加闪亮。山花星星点点相继开放后，槐花再也藏不住了，她吸收天地之灵气，日月之精华，品质高洁，超凡脱俗。蝴蝶和蜜蜂尽情舞动，上下翻飞，翩翩起舞，酝酿花蜜。

槐花不仅可以供人们欣赏，而且给人的嗅觉带来冲击，香气迷人，还可以食用。饥馑年代，槐花盛开的日子，是春夏交替的季节，也是老百姓所说的“青黄不接”的时刻。这时候满山遍野的槐花，就成了农家充饥解馋的美味佳肴。那时，人们纷纷走向户外，成群结队地到野外摘槐花，俗称“捋槐花”。

刚摘下的槐花，可炒、可炝、可做麦饭。做槐花饭，含苞待放时的花蕾为最佳食材。槐花的花期不长，过了这个季节槐花盛开后做的槐花饭，吃起来味道就没有含苞待放时味道好了。槐花晾干后可以当茶饮，清心明目。槐花也可药用，干槐花泡着喝还可以治痔疮。

满山的槐花看上去白茫茫的一片，淡淡的清香在和煦的春风里浮动，引来一群群蜜蜂，“采得百花成蜜后，为谁辛苦为谁甜？”便是蜜蜂奉献精神的真实写照。据说槐花蜜是蜂蜜中的极品，能润肠通便，润肺止咳，解毒、医疮、止痛，还能益气养颜呢。生死轮回，亘古不变。一朵花的凋谢，又迎来新生命的诞生。槐花凋谢后，枝头上挂满了豆荚式的果实。来年春天，新的槐花，再度开满枝头。

生命就是这样，生生死死，死死生生，循环往复，更迭不穷。

又逢一年的槐花飘香，我和几个朋友相约，驱车上山，看着满山遍野的槐花，诗兴大发，随即作诗《槐花》一首，赞美槐花：

你是我前世的小情人
今生注定我们要相遇
来续前世未了的情

你淡雅、洁白、清新
甜丝丝，香气迷人

如兰若云

看见你
我心中涌流暗动
心花怒放

你生在农家小院
山林深处或荒郊野外
像一粒粒洁白无瑕的珍珠

你不事张扬，朴实无华
以锐刺守卫着高洁
自生自灭，随遇而安
没有抱怨过命运的不公

你淡泊名利，甘愿奉献
不屑去争春
只把大爱铺成辽阔的花海

过客

那一日黄昏，我站在田野，麦浪漫卷西风，空气中散发着浓浓的麦香味，“算黄算割”“算黄算割”不绝于耳，我知道这一茬麦子就要悲壮地走了，完成了从生根、发芽、开花到结果这一人生历程，麦子一茬接一茬，它们是土地的过客。人何尝不是土地的过客？人，一年一年，被春夏秋冬收割；四季，一年一年，被光阴收割。人，从混沌婴儿，到懵懂少年、朝气青年、成熟中年、耄耋之年，直到老去，最终被自己吃了一辈子的土地收割。自然界中的山川、河流、花草树木、鸟虫山石，乃至世间万物，何尝不是过客？

就像我眼前的这些麦子，它们又何尝不是土地上的过客。我一季一季地将它们种下，然后一次又一次地将它们收割。在这种轮回中，不知不觉，那些皱纹、那些白发也在一天一天地增多，一天一天地将我推向衰老。我收割着一季一季的麦子，时间一天一天地也把我慢慢收割了。时间才是这世上真正的主宰，而人只是这世界上会走动的，偶尔会有些想法的一季庄稼。

我的老家在秦岭北麓的南山脚下，前些年尚允许土葬。记得那年乡下二叔去世，下葬时，一白发长须老者说：“人吃土一辈子，土吃人一口。”细想，自然界这样的事，一直在循环往复，每天都在发生，且比比皆是。诸如鸟活着吃蚂蚁，鸟死后被蚂蚁吃。一棵树可以制成百万根火柴，而烧光百万棵树，只需一根火柴。我心想，这大概就是所谓的轮回吧!

近日看到《至爱梵高·星空之谜》中的一首诗：

在收割者身上
我看见了死亡
然而那景象并不可悲
一切都沐浴在阳光之下
闪耀着金色的光芒

我们都是收割者，也都是被收割者。我们的命运掌握在上苍的手中，谁也无法抗拒和改变。纵有千年铁门槛，终须一个土馒头。

据说，人在升入天堂前，周围笼罩着橘黄色的光芒，也有人说是金色的光芒，沐浴在人身上，使人浑身格外舒坦、轻盈，有飞起来的感觉，总之是处在美好、圣洁、迷离、纯净的氛围中的。但愿如此。如此甚好!

我想起了金木水火土，五行相生相克。金生水、水生木、木生火、火生土、土生金，金克木、木克土、土克水、水克火、火克金。自然界的法则，就是优胜劣汰，一物降一物，各自自有天敌来平衡生物链。

我站在田野，看着西风漫卷麦浪，浮想联翩，思绪万千。看着麦子，联想人类。麦子一年一季，完成生活历程；人一代一代，长江后浪推前浪，江山代有人才出，各领风骚数百年。

回不去的小时候

雨天，坐在窗口读书，重读《红楼梦》四十五回：金兰契互剖金兰语，风雨夕闷制风雨词。黛玉的诗：

秋花惨淡秋草黄，耿耿秋灯秋夜长。

已觉秋窗秋不尽，那堪风雨助凄凉。

助秋风雨来何速，惊破秋窗秋梦绿。

……

心中顿生出许多凄凉、孤寂、伤感、心碎的感觉。美若天仙、体弱多病、多愁善感的林黛玉，寄养在大观园姥姥家（寄人篱下）。她和宝玉相爱，眼看着一天天长大了，却没人出面给她张罗婚事，多么凄凉无助！怜惜同情伤感之情油然而生，站起来， 想换一种心情。随手拿起一枚书签，书签上印的一句话——回不去的小时候，再次触动了我的情绪，引起强烈的伤感和联想。

面对“秋花惨淡秋草黄”的情景时，心情低落、多愁善感。

昨日的许多人和事，像海啸似的，击风踏浪，一路呼啸而来，想躲都来不及了。

小时候的我们，没有责任和压力，没有悲伤和烦恼，吃喝玩乐，打打闹闹，哭了有人哄着，摔倒有人扶着，困了有人抱着。

小时候的我们，没有复杂心机，没有勾心斗角，吵架不记仇，有话直接说，简简单单地相处，真心实意地交友。

小时候的我们，不懂人情世故，不知世态炎凉，说话毫无顾忌，做事从不考虑后果，反正背后有大人撑腰，即使说错了做错了，也会因为童言无忌，轻易被原谅。

小时候的我们，没有钱，没有车，却有太多的快乐。和小伙伴一起玩耍，跳皮筋，玩泥巴；上学放学不用接送；作业很少，不用辅导。

小时候的我们，无忧无虑，自由自在，不用为了生计发愁，不用为了钱财受累，每天只想着吃什么，玩什么。

上大学时，恰同学少年，风华正茂，从来不知愁是什么滋味，却为赋新词强说愁，是无病呻吟式的愁。想想多年来在职场打拼，苦苦奋斗，如今，人到中年，上有老下有小，按下葫芦瓢又起的窘迫，为孩子的工作发愁，为老人的身体发愁，为柴米油盐酱醋茶发愁……

“多情自古伤离别，更那堪，冷落清秋节”，愁事一件连一件，不是“为赋新词强说愁”，是真真正正、实实在在的发愁事摆在面前呀！

曾经看过一个故事，说蜻蜓的幼虫生活在水里，它们谁也不知道外面是什么样子。它们彼此相约，如果有谁飞出了水面，一定要飞回来把见闻告诉大家。但是当它们一个个长大，一个个飞出去，却谁也没有回来。不是它们忘记了曾经的约定，而是蜻蜓成年后，已经无法再回到那个只属于童年的水面之下了。一如我现在经常还做梦和曾经的朋友在一起说笑打闹，一起看电影，逛街吃饭，可现实中我们早已成为陌路。

缘分真的是个很奇妙的东西，聚散不定，变幻无常。曾经的好朋友，转眼间，淡出视线，也就永远陌路了，甚至成为自己一辈子的伤痛！

世间的万事万物，一切因缘而定，缘来则聚，缘尽则散。也许正因为有缘相伴，在我们感情的星空里，才有了永结同心的誓言，才有了天涯共比翼的浪漫。也因为缘的散缺，才繁衍出人际间的悲情别离，使我们更懂得珍惜人生。

有些人和事，你一旦做了选择，就回不去了，永远回不去了。这世上，什么药都有卖的，唯独没有卖后悔药的。

有些人伤透了，就永远回不去了。

回不去的昨日，回不去的小时候。

第二章

岁月拾遗

文学拓宽了生命的厚度和长度

“人是一种有缺陷的存在，同时又是一种不满于缺陷而追求完满的存在。在理性的制约下，人追求鲜活的情与爱；在贫穷和野蛮的困扰下，人追求富足与文明；在单调呆板的日常世界，人追求多向度的可能生活；在必有一死的存在中，人追求生的无限和永恒。文学的理想正源于对这种现实缺陷的照见与不满，鼓舞人向缺憾开战，号召人奔向更加善美的明天。”正基于此，我才深深眷恋上文学，几十年如一日，痴心不改。下面我回顾一下我的文学创作之路以及我的一些创作体会，谈得不足或不妥的地方，希望师友、同道批评指正！

回顾创作之路

岁月如歌去，弹指一挥间。屈指一数，我从 1989 年开始在《西安晚报》发表第一篇稿子算起，至今已经走过整整 30 个年头。30 年来，写作中的酸甜苦辣，个中滋味如人饮水、冷暖自知！这里，我可以毫不夸张地说，30 年来，我常常夙兴夜寐，加班加点，一路小跑走过来的，很少睡过囫囵觉。每每想起，有几分心酸、几分欣慰，也有几分沮丧。心酸的是我像苦行僧，欣慰的是取得一些小小的成绩，沮丧的是我至今没有写出让自己满意的作品。

忆往昔，刚参加工作时，我负责单位的宣传工作，经常将本系统的新人新事新动向及时在报纸上报道。因为新闻有时效性，我多半是在快要下班时骑着自行车赶往报社送稿子，确切地说，这是分秒必争的战斗，尽最大可能要赶在事件发生的当日刊登。送完稿子后，我再骑着车子向幼儿园飞奔去接孩子，因为晚点，常常受到幼儿园阿姨的训斥！功夫不负有心人，我多次被《西安晚报》和《西安日报》评选为优秀通讯员，多次荣获年度一、二等奖。后来我不再满足于写新闻稿子了，开始在这两家报纸的副刊上发表散文，再后来是写小说。

从开始写作起，熬夜是家常便饭，那时孩子小，我上完一天班哄孩子睡着后，自己困得不行，就定个闹钟小睡一会儿，半夜准时叫醒自己写作。为此，患上了严重的神经衰弱症。

岁月滤去了苦难，留在记忆里的都是美好，即人们常说的，过来都是好日子。

最难忘的是2003年，非典肆虐，人们谈“非”色变。大街上人们带着厚厚的口罩，行色匆匆。电视新闻上出现频率最高的词是隔离区和疑似病例，还有那些黑色的数字，吞噬着鲜活的生命。人们笼罩在死亡的阴影中，惶惶不可终日。许多单位都放假了，我拿着自己的长篇处女作《场面》四处奔波，寻找出版社，却到处碰壁。在我万念俱灰，看不见前程之际，吉林时代文艺出版社给我打来电话，说我的小说不错，和我商讨稿费的事，我在电话这头哽咽了，泪流满面，久久说不出话来……三个月后，我的小说顺利出版。再三个月后，我的小说再版。自然，我得到了一笔不菲的稿费。从此，我创作的激情高涨，自信满满。紧接着 2006 年我又在吉林时代文艺出版社出版了第二部长篇小说《底牌》，还出版了《辛娟散文》。由于成绩不错，2008 年，陕西省作家协会推荐我上鲁迅文学院高研班。鲁院高研班向来很活跃，学员都是从各地选拔出来的青年才俊，大都志存高远，心游万仞，这样一帮人集中在一起，自有一番姹紫嫣红、百花竞艳的景象，而我一直是默声静气，脚踏实地，稳扎稳打，紧锣密鼓地完成了诗集《靠近石头的虫子》和长篇小说《月亮背面》的初稿。

2009 年，我的长篇小说《月亮背面》和诗集《靠近石头的虫子》正式出版。当年，《月亮背面》被陕西省推荐到北京参加茅盾文学奖评选活动。该小说入围年度最佳长篇小说提名，后来该小说获第三届柳青文学奖。2014 年，省委宣传部、省作家协会委派我去长安定点深入生活，创作终南系列三部曲。2015 年，出版了长篇小说《燕子不来香》（终南系列第一部）；目前长篇纪实文学《一代名流张子宜》正在出版之中。

谈谈阅读和写作体会

1. 好的阅读，才能产生好的写作

相信所有有写作经验的人，都有同样的感受：写着写着，就写不下去了，总觉得写得不好。当你在修改时，你是以一个读者的身份，在帮你把握分寸。这个读者非常重要。如果这个读者读的都是托尔斯泰、鲁迅或者欧阳修、海涅这样的大文学家的优秀作品，那他肯定是一个非常优秀的读者。然而当他在看自己写的东西时，他就会不断地质疑自己的作品，逼着自己写得更好。所以好的阅读才能产生好的写作。的确，好的创作，离不开好的阅读，阅读量和所阅读的作品高度直接决定阅读者创作出的作品的高度。多年来，我一直在阅读经典，而且只读经典。我不只读文学方面的经典，还读美术、戏曲、哲学（宗教）等方面的经典，以提高自己的知识储备和综合学养。我每天阅读的时间占到工作时间的三分之二，而练笔和写作的时间占三分之一。世事洞明皆学问，人情练达即文章。我认为一个优秀作家必须具备丰富的阅历和广博的知识，必须有敏锐的触角和感知力，加之勤奋，才有可能写出好的作品。

2. 好的人品，才能写出好的作品

《觉林菩萨偈》里有这样一句话:“心中无彩画，彩画中无心。然不离于心，有彩画可得。”此话不假，相由心生，境由心造，言为心声。作家写出的作品，是自己的心相。当作家坐到写字桌前时，首先要做的，就是要扪心自问，自己是否具备了高尚的情操和品质；是否始终如一地保持诚实；是否能将写作时的习惯和现实生活中的恶习分开；是否在写作的过程中集中自己所有的美德。

3. 深入生活，细微观察

这是《老子》里面的一句话：“细万物则心不惑，极精微而神无累。”细万物则心不惑——一个艺术家，只有对万物仔细地观察，致广大而尽精微，哪怕是一个茶杯，路上的一块石子，田野间一株野草，只要你能够仔细地观察它，你就可以达到心不惑，不会迷惑自己。极精微而神无累——作家应该是一个对大自然进行细致观察的人，但又不能被事物结构上的琐碎细节所桎梏，应该学会从个别到一般，从个别事物的理到贯通万物的道，直到上升到超然于万物之上的道之境界，你的心神就不会受挂念劳累。这句话，是说作家要有一个学者的心境，一个艺术家的心境。

4. 作品要弘扬真、善、美，即弘扬正能量

我喜欢那种敢于直面现实、有温度、接地气、有情怀的文学作品；喜欢作家带着自己的完满理想，深入人性深处，省察从未完满的人生的作品；喜欢作品的主人公直面命运，在艰难坎坷中有尊严地抗争。这样的作品对人生有认识，有体验，有感悟。读这样的作品，能增强我们实现人生价值的信心。

我认为，一个真正的作家，永远只听从内心的召唤，为内心的需要而写作，即写自己想写的题材，而不是为了迎合市场或什么人而写作。我的创作就是如此，反映在题材上是有选择地写，即便是市场受众面小，但只要是自己想写的题材，我还是愿意写的。比如，我刚刚完成的长篇纪实文学作品《一代名流张子宜》，就是一部受众面小，市场前景不好的作品，但主人公搞慈善，搞教育，发展民族工业，即弘扬社会正气，爱人爱己，诠释博爱，我就愿意写。我认为这个题材从大的方面说是弘扬社会正能量，从小的方面说是给自己积累福报。诚然那些猎奇的题材，更容易吸引人的眼球，有好的市场效益，但这种题材我根本连碰都不碰。我常告诫自己，要敢于对平庸作品说“不”，对媚俗作品说“不”，对低俗作品说“不”。我认为，“读者是上帝”，一个作家应对自己的作品负责，也应对读者负责。作家的作品应起到引领（引导）读者、温暖读者乃至照亮读者人生的作用。

5. 文学是有标准和高度的

文学其实是有恒定标准的，是《楚辞》的标准，是唐诗宋词的标准，是元曲的标准，是红楼梦的标准。现代文学的标准在鲁迅和沈从文那里，在托尔斯泰和契科夫那里。一个写作者，眼高手低不要紧，可以通过学习、练笔、思考而不断提高。最怕的是眼低手也低，分不清作品高低和好坏……我也许通过自己的努力，倾此一生也达不到文学恒定的高度，但至少要知道文学的标准和高度在哪里。即使达不到，我也会抱着一颗对文学虔诚的心，敬畏之心，尽力去拼搏和靠近。在文学创作的大路上，我甘愿做一块垫脚石，让更多年青的作家知道文学的高度和标准在哪里，使我们陕西的文学乃至中国文学，具有世界的高度。事实上，我有一本诗集名字叫《靠近石头的虫子》，就是这个寓意。

6. 文学拓宽了作者生命的厚度和长度

《文心雕龙》中说："思接千载，心骛八极。"读书给予我们无限的想象和思考，让思绪连接古今千年，心为所动，情为所感，感觉上自己仿佛可以看到千里之外的不同风光。文学虽然不是生命的全部，但是文学可以照亮、丰富我们的人生、人性。文学可以拓宽我们生命的长度和厚度，比如我已经完成正在出版的纪实文学作品《一代名流张子宜》。张子宜出生在清朝，历经中华民国和中华人民共和国，我写他，查阅他的资料，了解他在那个时代的生活，和书中的人物一起经历风风雨雨、起起落落，从某种程度上讲，这拓宽和延长了我的生命，就像现在的穿越剧，感觉自己多活了几世。

路漫漫其修远兮，吾将上下而求索。写作已经成为我生活乃至生命中不可或缺的一部分，未来我将对自己高标准严要求，不断探索努力，力争写出优秀作品。

延水湾纪事

2017年6月，我随陕西省美术家协会骊山创作中心红色之旅写生团一行来到延川刘家山画家村，吃农家饭，住窑洞土炕，睡四人通铺。鸡鸣天亮，一觉睡到自然醒，着实感受了一把“日出而作，日落而息；路不拾遗，夜不闭户”的风土民情。

刘家山位于黄河西岸，距延川县城30多公里，山势平缓，十几户人家散落在沟壑峻岭、峪畔圪塄之间。农业学大寨时兴修的梯田，一层一层直达山顶，退耕还林后，山坡植被得到了很好的恢复，成了有名的红枣之乡。农耕文明，随处可见。我心想，现在能把原生态环境保护这么好的地方已经不多了，希望能留住这片净土、绿地，想必这也是画家、摄影家共同的愿望吧！衷心希望有关部门对此地予以保护。

我边想边走，只见田边村头，房前屋后，犄角旮旯，随处可见石磨槽、碾子、箩筐等原生态的东西，保留极其完好，加之此地民风淳朴，风景宜人，是写生、创作、摄影的绝佳之地。两公里外的延水湾，壮美的黄河之水在这里划了一个漂亮的圆弧，两岸是悬崖峭壁，峡谷陡峭如刀削斧劈，满坡枣树林立，沿岸约五公里长，移步换景，步步是景。这里非常适合画家描摹山水、摄影师捕捉美景。中央美术学院的写生基地早在一两年前就在这里落户。这次，骊山创作中心的写生基地也慕名在此落户挂牌。

我首先采访了新胜古村原书记鲁伯江，全面了解了当地的历史古迹、自然人文，了解了农民收入状况、生活状况、生产状况及群众疾苦。鲁伯江为了抢救延水关遗址，现在还捐钱捐物、自筹资金，编撰杂志《延水湾探究》《延水关镇旅游资源展示》《延水县古城遗迹寻觅》等。著名作家路遥的处女作《我老汉走着就想跑》，1970 年 7 月就发表在刘家山村写生基地附近的这块黑板报上。如今，黑板报、路遥和曹谷溪当年在黄河畔的合影等图片就挂在村委会外墙上。

从刘家山村向山下走去，不一会儿就到了谷底的新胜古村三岔口。该村以鲁姓为主，农业学大寨时是全国的先进典型。新胜古村三面环山，东临黄河，是革命老区，也是周围几个自然村的村委会所在地。这儿山多地少，土地贫瘠，玉米长得稀稀拉拉，矮小单薄。村民的窑洞依南北山势而凿，中间的峡谷沟深坡陡，沟底有一泉眼终年流水不断，过去刘家山人和附近村里的人们吃水都要下到沟底去担。据悉，2015 年年底，知青樊智明投资援建的新胜古、刘家山、杨木山村自来水进村入户工程，将泉水引入村民家里，结束了这里祖祖辈辈吃水难的历史。

我们从刘家山画家村出发徒步参观了位于黄河边的延水县古城，站在此处俯瞰，黄河水自西盘桓而来，又汹涌地奔流而去。远眺秦晋百里风光，顿觉天地开阔，心旷神怡。打开《延川县志》后，才知道，这座古城原是沉睡了千年的延水县古城遗址，曾在东晋、西魏、隋、唐、宋等朝代先后设县衙，有七百余年历史。

随着对古城逐步了解，古城上下内外许多遗存建筑、残存土台石墩，都变得神秘起来，蕴藏着无数朝代更替、世代变迁的历史秘密。这里的一山一水，一草一木，一石一花，连原来一些普通的地名、路名、村名，也变得极不寻常，散发出浓郁的历史文化和古老的人文气息。

在陕西飞鹿文化有限公司总经理郝正强的父亲的带领下，我们观看了刘家山老村的废弃窑洞。残垣断壁随处可见。窑洞四周杂草丛生，野花盛开。有一种小白花，听当地人讲，叫英（蝇）子花，洁白、淡雅、朴素、纯净，让人联想到战争年代红军的爱情。我采摘了偌大一把，现在还插在我书房一角的花瓶里。

之后，我和著名画家吴成斌老师去新胜古村两家农户采访，了解群众生活、生产，孩子上学等情况，听取群众心声，了解群众疾苦。我们还了解了刘家山老村的历史变迁和风土民情，对此地进行拍照、速写等，搜集了大量素材。

每天天还没有亮，伴着此起彼伏的鸡叫声，郝正强一家人便起床，他的哥哥嫂嫂忙着做饭，母亲打下手，为画家们烧开水，做早餐。他年迈的父亲忙着扫院子，收拾客房卫生。不久，热情好客的主人就端上来早餐，有红豆小米稀饭、自制小咸菜、花卷馒头等，热情款待写生画家。画家们吃着这些平时在大城市很难吃到的粗茶淡饭，香在嘴上，甜在心里，由衷地感谢并以优美的画作回报主人的盛情。

壮观的黄河，在延水湾处左盘右绕，犹如盘龙，时而温顺平静，时而狂怒咆哮；峡谷气势雄浑，凸处河岸绵延，凹处悬崖如刀削险直；延关飞渡、唐朝饷道、宋代浮桥、延水古城、永宁关石寨、魁星楼、延水寺、释迦院等历史遗迹星罗棋布，古城经历五个朝代，置县 750 余年，历史源远流长；明代陈奇瑜血洗永宁关农民义军，真相触目惊心；西气东输黄河隧道、延安引黄工程源头泵站、延永黄河大桥、长吴高速跨河高桥等现代建筑镶嵌其中……

伟大的黄河，如母亲一般令人魂牵梦绕、流连忘返，迟迟不肯离去。纵使时光荏苒，然九州山河依旧波澜壮阔，中华儿女依旧勤劳勇敢；历史变迁，岁月如歌，长空朗朗，大地静默，哺育了一代又一代勤勉地生活在黄土高原上的垦荒人。他们热爱生活，热爱家乡，以一颗纯朴而不惧困难的心，创造着明天。

西藏随笔

西藏需慎行（西藏系列一）

我是2012年6月底去西藏的，回来后一直生病，现在还在服药。从西藏回来后，体重从原来的114斤降到现在的104斤，整整瘦了10斤。

我是先坐飞机去西宁，后坐火车到拉萨的。在西藏只待了三天。

在藏期间，我高原反应强烈，头疼，流清鼻涕，类似于感冒症状。我以为是高原反应，没太在意，只服了一些高原宁和强力银翘片。回来后，症状消失，我以为好了，就没在意，停止服药。几天后就开始拉肚子，一周后咳嗽气喘，吃药也不见好，严重时一宿喝了一瓶75毫升的京都念慈庵蜜炼川贝枇杷膏也不管用。到最后，晚上成夜咳嗽，气喘得无法躺着睡觉，只能坐着背后靠两床被子睡觉。我知道情况不妙，于是到西安交通大学第一附属医院呼吸科瞧病，检查后发现两下肺支气管感染。因为当时在西藏感冒没有及时医治，现在已变成慢性病。医生让输液，但是我家离医院远，再加上单位忙，没条件，就只能吃药。后来医生给开了抗生素和止咳药，服了近一个月后又开始服中药，至今未停，以防落下病根。

医生说，感冒是高原上的杀手。在西藏，感冒可引发脑水肿和肺水肿，闹不好是要丢性命的。想想我当时在西藏，看到那些人迹罕至的美景，忘情得像个孩子，来回地跑着拍照，全然忘记了一切。现在，想起来都有些后怕。

我以自己的亲身经历总结一句话：西藏不是谁都能去的。

也就是说，要根据自己的身体状况，量力而行！

当雄（西藏系列二）

当雄，藏语意为“挑选的草场”，位于纳木错畔。

当雄县属拉萨市纯牧业县，位于西藏自治区中部，藏南与藏北的交界地带，拉萨市北部，距拉萨市约170公里。当雄县北部与班戈县、那曲县接壤，南与林周县、堆龙德庆县交界，东部一隅与嘉黎县相连，西南与尼木县毗邻，青藏公路（国道109线）由东向西横贯全境。东北至西南长约185公里，西北至东南狭窄，宽约65公里，其中最窄处约34公里。

当雄是个美丽的地方，每年5月到10月，都是当雄草原最美丽的时节。远处是横亘千里的念青唐古拉山——身披银铠、头戴冰冠、银装素裹，山脚为大片大片的绿色草坡，白色的羊群、黑色的牛群散落其间。青藏公路如一条黑色飘带从山南坡脚下蜿蜒通过。晴朗的日子，前往当雄，阳光灿烂，层层叠叠的云絮诡奇多变，晶莹圣洁的群山在蒸腾而起的浓雾淡烟中宛若海外仙山，而山下大片大片的绿坡上的羊群，像一粒粒裹着光辉的珍珠，令人惊诧，有一种让人不由得屏住呼吸去感受的神奇。

幸福在路上（西藏系列三）

今天晚上，在西藏剧院看大型藏舞《幸福在路上》，令人十分震撼。开始我们并不想看，在谢导一再劝说下，为了照顾他的荷包和情绪，我们才勉为其难去的。哎呀！不看不知道，一看吓一跳，庆幸自己来了，否则，是会留下终生遗憾的。

藏戏具有悠久的历史，被称为民族戏剧的活化石。藏戏流传广泛，剧种繁多，流派纷呈，2009 年被列入世界非物质文化遗产名录。

水，生命之源。生活在这片土地上的淳朴的人们视雪山冰川无比神圣，圣洁的神山圣湖涤荡着他们淳朴的心灵。他们世代认为：水从雪山中流出来，生命从水中流出来，幸福从生命中流出来。

春雨是上天赐予大地的“圣水”，她使高原万物复苏，充满生机，她为人们祛除疾病，净化灵魂。每逢初春雨季，人们快乐地沐浴着“圣水”，祈求平安幸福。

西藏水系发达，河流众多，在阿里、拉萨、林芝等地区，每逢春季河流解冻，人们都要举行“祭牛皮船”仪式，以求一年水上行船平安顺利。牛皮船是西藏特有的传统水上交通工具。

西藏四处充满了阳光。伸手似乎就可以触摸太阳的西藏，是一片祥和的土地。当你走进西藏，你会感受到幸福和温暖；当你走进西藏，这里的山山水水和淳朴的人们会告诉你，幸福在心中，幸福在路上。

在世界屋脊上为爱情流泪（西藏系列四）

在大昭寺，我听导游讲：大唐文成公主终生没有留下子嗣，开始人们还以为是松赞干布生育上出了问题，后来有妃子生育后，才明白原来是人力所为，以纯正血统。当然这些话无从考证，但使我一下子潸然泪下。我当时就联想起不久前热播的《甄嬛传》中皇上命人给年妃吃药让胎儿流产的事，而年妃心心念念深爱着皇上，虽然历史事实不是这样，年妃是有孩子的，但由于年妃是年羹尧的妹妹，他们的爱情多多少少也染上了一些政治色彩。

在原则问题上，在政治和权力面前，感情是那样苍白无力，不堪一击，甚至一文不值！

要不然，英国国王爱德华八世爱美人不爱江山也不会让人津津乐道，传为佳话。

当年，文成公主从长安出嫁时只有16岁，且不说一代明君唐太宗是否忍心割舍得下公主，单说公主历经三载，风雨雷电，车马劳顿，入藏时已经19岁。文成公主和夫君相濡以沫，恩爱有加。据说，就是他深爱的这个男人亲手剥夺了她做母亲的权利。

女人是爱的天使，爱孩子是女人的天性，哪个女人不想有自己的孩子，可尊贵的文成公主连生孩子的权利都被剥夺了。

可叹！可悲！可怜！

事实再一次证明了政治联姻中女人多半是牺牲品。至于有没有爱情，谁又知道呢？谁又能说清楚呢？恐怕只有当事人知道了。

令人欣慰的是，公主的结局还是好的。据《贤者喜宴》书载：公主进藏时随身带有骡、马、骆驼等百十驮载嫁妆，驮有许多文史资料、医学、历算书籍，还有大量佛经。同时带来了蔬菜、谷类等种子，又带来了建筑、酿米酒等先进技艺和唐代音乐舞蹈等艺术。这些先进科学、文化的传播，对促进吐蕃的经济文化发展，加强汉藏人民的友好关系，发挥了积极的作用。因此，文成公主一直被铭记在西藏人民的心中。松赞干布死后，文成公主一直待在西藏。那时，吐蕃和唐朝一度失和，公主仍然和吐蕃人民友好相处。公元680年，文成公主去世。当时唐朝和吐蕃战火未灭，吐蕃仍为公主举行隆重的葬礼，并将其和松赞干布合葬于藏王墓中。

由于文成公主深受吐蕃人民的热爱，她死之后的丧葬事宜有较详细记载。在藏文书里，对后妃丧葬事宜从来是不记载的，唯文成公主例外，可见，公主受藏族人民尊敬之至。

总之，文成公主是藏汉人民的友谊使者，公主对西藏的经济、文化作出过不可磨灭的贡献。她的故事传说遍及雪域高原，她永远活在藏族人民心中。

离天空最近的地方（西藏系列五）

纳木错的确是美丽的，不是“杏花春雨江南”的秀美，而是“骏马秋风冀北”的苍凉之美。

纳木错是中国第三大咸水湖，位于西藏中部，湖面海拔4718米。湖的形状近似长方形，东西长70多千米，南北宽30多千米，面积1920多平方千米，为世界上海拔最高的大型湖泊。“纳木错”为藏语，藏语中，“错”是“湖”的意思。而这个湖的蒙古语名称为“腾格里海”，两种名称都是“天湖”之意。

来到纳木错，我被眼前的景色惊呆了。简直太美了！若不是亲眼所见，简直难以置信，这样的人迹罕至处，还有如此美的人间仙境。这里离天空格外近，似乎伸一下手就能撕下一大块白云。一大团一大团形状各异的云朵随风迅速移动，变幻莫测。湛蓝的天空下，白云翻卷，白云若兰！空气是那么清新而干净，忍不住让人想多吸几口。

此情此景，让我忘情得像个孩子。我脚下生风，跑来跑去，不住地按快门，抢镜头，拍照片，全然不顾高原反应，忘记了身上还背着氧气瓶。人说，感冒是高原杀手，由于我失眠，在藏期间一直伴有感冒症状，每天在服安定和感冒药，但丝毫没影响我的兴致。

北戴河之行有感

2017 年 7 月，收到中国作家协会组织全国各地的作家去北戴河创作之家休假的通知时，我刚写完一部长篇小说，体力已经透支到极限，加之正值西安高温天气，正想找个地方避暑，好好歇歇，补充一下体力，“娘家”——中国作家协会的通知就来了，好不惬意！

中国作家协会创作之家坐落在北戴河安一路的一处幽静小巷，周边是中国总工会疗养院和其他几个干休所，这里真是一块安静清雅的风水宝地。

走进北戴河创作之家，首先看到的是阅览室门前巴金题写的“中国作家协会北戴河创作之家”几个醒目的大字，左侧是两棵偌大的核桃树，由于枝叶繁茂，果实累累，枝干不堪重负，有些已匍匐在地上。越过核桃树前行，映入眼帘的是一栋四层黄色小楼，旁边是餐厅。院子四周随处摆放着各种花卉，以荷花为主，还有亭子、小瀑布、水车，小桥流水，流水潺潺，仿佛置身于江南。小院建筑以黄色为主，小巧玲珑，幽静雅致。

北戴河的天，说下，立即大雨滂沱；说晴，立马艳阳高照。所以，一定要随身携带伞的，晴可遮阳，阴可防雨，晴雨两用，岂不美哉！

夏天的雨说来就来，只要掉雨点，立马就要寻找避雨的地方，因为瞬间大雨就会倾盆而下。

我刚去的时候，由于不熟悉当地的气候，一大早去看海，忘了带伞。在海边行走，感受潮起潮落，浪花飞溅，似乎感到有星星点点的雨点，也没在意，继续前行，瞬间，大雨倾盆而下。四下一看，人们都上岸了，躲在码头售票厅避雨，只剩下自己独自一人。心想反正已经淋了个透心凉，索性站在海边一巨石上雨中观景。此情此景，真正地应了张岱《陶庵梦忆》的《白洋潮》一文中的描写：立塘上，见潮头一线，从海宁而来，直奔塘上。稍近，则隐隐露白，如驱千百群小鹅，擘翼惊飞。渐近，喷沫溅花，蹴起如百万雪狮，蔽江而下，怒雷鞭之，万首镞镞，无敢后先。再近，则飓风逼之，势欲拍岸而上。看者辟易，走避塘下。潮到塘，尽力一礴，水击射，溅起数丈，著面皆湿……

汉献帝建安十二年（公元 207 年），时任大将军的曹操为清除边患，巩固后方，率大军北征乌桓。八月大破乌桓于柳城（今辽宁朝阳市南）后凯旋回师，途经渤海口附近碣石山，乘兴登临，以一首千古传颂的《观沧海》，描绘出一幅波澜壮阔的大海图景，抒发了诗人削平割据、统一中国的宏愿和自强不息、叱咤风云的豪情。

此情此景，也让我想起毛主席的诗词《浪淘沙 · 北戴河》：大雨落幽燕，白浪滔天，秦皇岛外打鱼船。一片汪洋都不见，知向谁边？往事越千年，魏武挥鞭，东临碣石有遗篇。萧瑟秋风今又是，换了人间。

1954 年，毛泽东在北戴河，一日时逢海滨风雨大作，浪涛翻涌，他顿起击水之兴，不顾身边警卫人员的劝阻，下海游泳，与风浪搏斗。上岸后意犹未尽，又纵笔挥毫，写下了这不朽名篇《浪淘沙·北戴河》，展示了无产阶级革命家前无古人的雄伟气魄和汪洋浩瀚的博大胸怀，具有比《观沧海》更鲜明的时代感、更深邃的历史感、更辽阔的宇宙感和更丰富的美学容量。

在北戴河创作基地休假这短短的十天时间，让我着实感受到来自组织母亲般的温暖。十天来，我和来自全国各地的作家朝夕相处，交流思想，交流创作，切磋技艺，收获满满。

离开北戴河创作基地时，我在该基地的留言簿上写下一首小诗，附后：

核桃树下

大地坐在虚空
我坐在核桃树下

水连天，云烟空
茶水酽，往事倥偬

核桃树下，笑谈古今
道不尽的盛衰荣辱聚散悲喜

人间万象毕竟空
何不早日收拾心情

娘的心

2017年荷月的一个午后，太阳直射，我随骊山创作中心的画家们去延川采风，首先来到了梁家河村习近平总书记当年插队居住的小院，眼前的小院干净整洁，围墙全部用插片石垒成，院子一侧放着一个大石碾子，窑洞门口挂着金黄的玉米和红辣椒串。走进窑洞，映入眼帘的是一炕一灶一桌一灯，非常简陋。窑洞里的温度比起外面低很多，有冰火两重天的感觉。走进窑洞，顿时，身上的汗珠子不往外冒了，凉爽了许多。早就听人说，窑洞是冬暖夏凉，此话一点不假，在此得到了印证。窑洞不大，里面人头攒动，大家争先恐后地坐在炕桌旁拍照，亲身感受和体验习总书记当年插队时的艰苦环境和艰难奋斗历程。

当年，作为村支书的习近平带领村民创建铁业社，为村民增加收入；开挖陕西第一口沼气池，让村民用沼气照明、做饭。梁家河作为知青下乡的典型样板，四十年来进行了一系列的改革治理，着力发展枣、果、畜三项产业，并且打造了旅游观光示范产业。习主席说："我人生的第一步所学到的都是在梁家河。不要小看梁家河，这是有大学问的地方。"梁家河这个小村庄的一系列变化，是改革开放以来中国社会发展进步的一个缩影。

从窑洞挤出来，门口一侧的大石碾子上放有一个针线蒲篮，里面盛满花花绿绿的香包，远看像一篮子盛开的鲜花。香包的主人是一个老太太，看情形，已经有了年纪了，牙齿已经全部脱落，留着两个短短的小辫，笑嘻嘻的。她一边唱着陕北民歌一边和游客拍照，此情此景，成为此处一道亮丽的风景。之前，在一些旅游景点也经常见这样的场面，商家搞营销，让漂亮的姑娘和游客合影留念。与之不同的是，她和游客拍照并不收费。

听同行的画家陈老师说，老太太送给他一个荷（香）包。他们聊天中老太太告诉他古镇改造时，她居住的窑洞拆迁了，直到去年补偿安置还没有完全到位，她一边卖香包，一边唱歌做生意贴补家里的吃喝用度。陈老师还说，去年他见过她，今年辫子似乎短了半截，他猜想或许是生活所迫吧，她把头发剪了卖了，贴补家用了。

我小心翼翼地捧着香包，望着上面绣有黄色的三个小字——“娘的心”，虽然针脚有些粗糙，但依然散发着母性的光辉和馨香，映射着母亲面对惨淡窘迫的生活时那乐观、积极、向上、不屈不挠、顽强拼搏的精神！我在想，农耕时代，用碾盘磨面，承载着全家的生活和孩子们的吃喝，倾注了一个母亲对孩子全部的爱。

走出很远了，窑洞、碾盘、饱经沧桑的母亲的脸……在我的脑海里萦绕，挥之不去！我在思考，陕北人的苦难，这不正是我们中华民族共同的苦难，不正是体现了几千年来中国人民为了生存和大自然斗争，和命运抗争，在抗争中繁衍、壮大的不屈精神吗？不正是我们祖国母亲的写照吗？

看着她送给陈老师这个做工粗糙的荷（香）包，我的眼窝一阵热辣。这不是一个简简单单的荷包，里面装着母亲的心，带在身上暖心暖身。

从延川采风回来后，她的歌声依然在我的耳旁萦绕，她的音容笑貌，永远会定格在我的记忆里。一位朴实勤劳的母亲，自力更生，即使不再年轻，但无论到什么时候，内心的慈爱都不会消失，时时刻刻让儿女们感觉到母爱的伟大，时时刻刻激励着儿女们面对生活，积极奋斗。

油菜花开

梨花风起正清明，游子寻春半出城。

蜗居在城市里一个冬天的我早已蠢蠢欲动了，呼朋引伴，相约清明节小长假驱车去汉中看油菜花。

西汉高速公路的建成，极大地拉动了汉中经济的发展，尤其是旅游业的发展。高速公路上，车满为患，几乎是一辆挨一辆，车根本跑不起来。本来三个小时的路程，走了近五个小时。

这是汉中一年中最美的季节，泥土的清香和油菜花的香味弥漫于平原沟壑、乡村田野，让人沉醉。满山遍野的油菜花海里，村落点点，星罗棋布；蜜蜂忙碌，穿梭其中，美不胜收。

汉中油菜花正值花期，惊艳无比。

虽说单个油菜花远远比不上牡丹、玫瑰等花朵那么娇艳，但是她以多取胜。

油菜花虽然平凡、普通、不起眼，却因为集体的力量被大家记住、爱上、迷上，继而流连忘返。

一大片一大片金黄色的花海，在眼前无限延伸，像金色的绸缎铺在辽阔的大地上。花香随风飘散，整个田野弥漫着一股特有的香甜气息，尽情地嗅上一口，人都要陶醉几分。白墙红瓦黑边的小洋楼和农家小院的袅袅炊烟点缀在花海中，如入人间仙境。

汉中位于陕西南部，是中国历史文化名城，北有秦岭，南有巴山，山水秀丽，人杰地灵。这里四季分明，适合多种生物的繁衍，也是国宝大熊猫和朱　的栖息地。

汉中盆地是传统的油菜花种植生产基地，年种植油菜 100 多万亩，年产油量近 20 万吨。每年春天，汉中盆地和浅山丘陵的百万亩油菜花盛开，把汉中装扮成一个巨大的山水盆景。

在 2009 年由人民网旅游频道主办的“中国最美油菜花海”评选活动中，素有“小江南”之美誉的汉中艳压群芳，成为“中国最美油菜花海”。

我们中午在汉中市三国酒店吃饭，听服务员说，他们酒店的房间在一周前全部预订完。吃完午饭后，我们又去了几个酒店和旅馆，均已爆满，我们心想，市里没房间，县里总会有吧，结果从南郑到城固，再到洋县，沿途所有的酒店、旅馆都没有房间。所到的酒店、旅馆门口，有许多来自西安的游客，和我们一样，焦急地寻找住处。

据酒店服务员介绍，2012 年 3 月 30 日，由陕西省旅游局和汉中市政府共同承办、以“金色花海，魅力汉中”为主题的 2012 · 中国最美油菜花海汉中旅游文化节，在勉县周家山镇春光村举行了盛大的开幕仪式。2012 · 中国最美油菜花海汉中旅游文化节主会场设在勉县，汉台区、南郑区、城固县等县同时设立分会场。除了开幕式上精彩的节目表演外，还举行了千车万人自驾游花海活动，世界环球佳丽花车巡游表演，“汉中巧娘”手工艺品大赛暨展销大会，中国汉中油菜花海百人摄影团暨汉中旅游文化节摄影大赛走进汉中创作采风，汉中美食节及旅游纪念品、工艺品和地方名优土特产品展示展销等一系列活动。

难怪没房间住!

固然是这样，也不能作为理由，拒八方宾客于门外。既然发展旅游业，相应的配套设施就应该跟上。

我们原计划玩三天，先看油菜花，后去茶园采明前茶，由于没地方入住，只好深夜驱车返回西安。沿途看到不少回西安的车，看来，我们同是天涯沦落人!

坐在车上，我想起 2011 年在汉中采茶的情景，采茶女们优美的歌声回荡在我的耳边，挥之不去。“三月三，上茶山，姐妹采茶心喜欢，山山飘清香，处处好茶园……”

我想象自己一边在绵绵春雨中采茶，一边欣喜地听着茶歌，观汉中远景，吃汉家饭菜，饮汉山泉水，唱汉山樵歌，听汉山松涛……

但愿汉中市来年油菜花节能够做到“有朋自远方来，不亦乐乎”。

越简单越快乐

西安终于下了场像样的雪，别提有多稀罕！多高兴！多惬意！呼朋引伴，拍雪景，打雪球，堆雪人……

如果我没有记错的话，这是西安农历壬辰年第三场雪，也是年末最后一场雪，据说三场雪皆为人工降雪。确切地说，前两次谈不上“规模”，像一个顽皮的孩子洗澡，只是打湿了皮儿。

公园里，雪景是另一种景致。雪中，花是一种景致。花衬托出雪的高洁，雪衬托出花的艳丽。雪中有花，花中有雪，雪花相映，相得益彰。

站在开元殿旁边的拱形桥上拍雪景时，我联想到卞之琳的诗句：“你站在桥上看风景，看风景的人在楼上看你。明月装饰了你的窗子，你装饰了别人的梦。”眼前的情景正是我在桥上看雪景，人在楼上看我，我也成了雪中的风景。一想起这些，心里好不惬意！

走下拱形桥，我发现开元殿旁边的梅花已经开了，黄色的小花在风雪中怒放着，酷似王安石的《梅花》诗：“墙角数枝梅，凌寒独自开。遥知不是雪，为有暗香来。”赶紧按下快门，一连拍了好几张，又不断转换角度，拍了十多张。回办公室的路上，雪仍在下，洋洋洒洒，自由自在。

我多么羡慕雪花，那样自由，那样洒脱，无拘无束，我感受到雪花的快乐，哪像自己活得那么沉重，那么拘谨，那么不快乐。

人就是这样，心烦时想的都是烦恼事，愉快时想的都是高兴事。心烦时眼里看到的都是烦心事，心情好时眼里看到的都是快乐事。看山不是山，看水不是水。其实山就是山，水就是水，只是因人的心境而异。

也许从小在单纯环境中长大的缘故，早已过了不惑之年，而且多年从事行政工作，我仍然童心未泯。这大概就是我的品性。抑或人常说的“江山易改，本性难移”吧！

不是有一首歌叫《越单纯越幸福》吗？我非常喜欢，百听不厌！

农耕时代，人们日出而作，日落而息，自力更生，自给自足，一日三餐，粗茶淡饭，简单生活，快乐无比。

生活的成本其实不高，基础生活衣食住行一个月花销不是太大，由于人们追求高质量高品位的生活，诸如穿衣要穿名牌，吃饭要吃美味佳肴，住房要住豪宅，出行要开高档车，所以开销大，需要更多钱。其实，衣服不在高档，只要适合自己；食物不在贵重，吃了有利于健康便好；房子不在豪华，只要住着舒适就行；车子就是个代步工具，只要方便出行就可以。

生活不复杂，复杂的是人心。人生就是一个不断选择、不断放弃的过程。有所放弃，才能让有限的生命释放出最大的能量。你选择真实，你就会快乐；你选择简单，你就会舒服；你选择独处，你就能够在独处时安然自得，就会在喧嚣时淡然自若。

一忧一喜皆心火，一荣一枯皆眼尘，静心看透炎凉事，千古不做梦里人。

人要拿得起，也要放得下。拿得起是生存，放得下是生活；拿得起是能力，放得下是智慧。有的人拿不起，也就无所谓放下；有的人拿得起，却放不下。拿不起，就会庸庸碌碌；放不下，就会疲惫不堪。人生有许多东西需要放下，只有放下那些无谓的负担，我们才能轻松上路，一路潇洒前行。人生的许多变数，取决于天、地、人三才的运转变化，天时地利人和三者俱佳，则凡事自顺。

人的痛苦，身体疾病除外，一半是来自欲望，一半是来自攀比。我们总是想得太多，做得太少。痛苦往往都是自己想得太多，最终发现伤害自己最深的，恰恰是自己的胡思乱想。

欲望不要太多，要求不要太高。少私寡欲，简单生活，就会感知快乐！

济公和尚说："一生都是修来的，求什么？今日不知明日事，愁什么？得便宜处失便宜，贪什么？食过三寸成何物，馋什么？死后一文带不去，悭什么？举头三尺有神明，欺什么？荣华富贵眼前花，傲什么？他家富贵前生定，妒什么？前世不修今受苦，怨什么？一旦无常万事休，忙什么？"

佛经中讲："过去心不可得，现在心不可得，未来心不可得。"那么，对于过去、现在和未来，我们应当如何把握呢？

做人越简单越舒服，越真实越快乐。

一个人的生日

一个人的生日，真的不好过，感觉整个世界都把你抛弃了。

原以为自己很坚强，但实际不是那么回事，心酸酸的，很孤独，很落寞，眼泪在眼眶里打转转，似箭在弦上，一触即发。

一个人过生日，就跟一个人过春节的滋味差不多。我曾经有一个人过春节的经历，那滋味真的不好受。外面鞭炮齐鸣，普天同庆，热闹得一塌糊涂，而你却独自一人，像弃婴，像被世界遗忘了。那种孤独寂寞无处不有，无处不在，压得你喘不过气来。后来，我再忙也会抽出时间和家人一起过春节。

人说，生日，没什么，只是一种心境，我同意这种观点。但到你真正过生日那天，你还是希望有人记得，有祝福，有鲜花，有生日礼物。人是感情动物，有七情六欲，会喜怒哀乐，我不相信，这个世上有谁富有得连爱、祝福、关心都不在乎不稀罕！谁不渴望爱，渴望祝福，渴望关心。因为爱和希望正是支撑人活下去的东西。假如这个世界没有爱和希望，只剩下自私、麻木、冷漠、绝望，那该会多么可怕！

一个人的生日，抛开世间的一切诱惑，心如止水。

一个人的生日，没有蛋糕，没有烛光，没有人给唱祝福歌。

一个人的生日，没有红酒，没有生日宴，也没有人陪伴。

一个人的生日，没有家人问候，家人甚至都不记得……

但一个人的生日，有一个人的精彩，一个人悄悄谱写着华丽的篇章。我选择了写作，注定我要失去些什么。搞写作，节假日，我经常是一个人过。

过节，从时间上讲，对我来说无异于盛宴，因为过节会有一大把时间由我自由支配。我多半会闭门读书或写作。

一个人既然选择了某种东西或职业，就要为此付出成本和代价。一如我选择了写作，就要牺牲假日，不能和家人团聚，要独自承受孤独和寂寞。写作本身就是一项个体劳动，没有人能帮你。即使你的至亲至友，诸如你的爱人、朋友、家人也爱莫能助！人不可能没有孤独和寂寞，就如同不可能没有死亡一样。事实上，人，从一开始就是孤零零地来到这世上，然后又孤零零地离开，没有人能陪你一起来，陪你一辈子，再和你一起离开这个人世。正如《无量寿经》所言："人在世间，爱欲之中，独生独死，独去独来。当行至趣，苦乐之地，身自当之，无有代者。善恶变化，殃福异处，宿预严待，当独趣人。"所以，只有你内心足够丰盈和强大，才能战胜孤独和寂寞。

今天是我的生日。一个人坐在电脑前，写这篇文章，想想今天过后，又长了一岁，不，是老了一岁，不禁有些悲凉。是呀！年年岁岁花相似，岁岁年年人不同。2012年这一年同往年相比，明显体力不支了。写作，从某种程度上讲，也是个体力活。

人生苦短，抓紧干自己想干的事，爱自己喜欢的人，别管是祸是福，是劫是缘。

昨天你过情人节了吗

“爱情”这个词对男女两性有完全不同的意义，这是使他们产生严重误会的一个根源。

拜伦说得好，爱情在男人的生活中只是一种消遣，而它却是女人的生活本身。

爱情对男人来说，既然是消遣，男人就会选择怎么舒服怎么来。男人其实是最实际的动物，不像女人老是活在不切实际的梦幻中。

对于爱情，人们追求童话般的爱情；对于婚姻，人们祈求天长地久。事实上，兵无常势，水无常形。世间的万事万物时刻处于运动之中，生灭涨落瞬息万变，人生聚散无常，世事虚幻不实。天下无常，才是生命的真相。人们祈求永恒，祈求虚假的东西，其实，这只是人们的美好愿望而已。

几年前的一天早晨，我去锅炉房打水，办公室小年轻周同事问我：“姐，昨天你过情人节了吗？”我一愣，说：“没有。”一阵沉默后，她说：“我也没有。”回到办公室，我在想，人到中年，百事缠身，常常是“按下葫芦瓢又起”，每天睁开眼睛，为生计陀螺似的高速旋转，不知浪漫为何物，不知今夕是何年，自己都忘记了情人节，但又想想情人节是个洋节，忘记了也合乎情理。

所以，人到中年，少了浪漫，多了实际；少了爱情，多了亲情。

中年人一般不大过情人节的。至少，我周围的人是这样的。可我们的小年轻周同事，去年刚刚结婚，今年喜得贵子。他们夫妻俩怎么也不过情人节，不得而知。和同事谈话，有感而发，随即写下这首小诗——《情人节》：

玫瑰花聚集的日子
很冷
空旷的天空
飘着雪花
酽酽的红玫瑰
总是绕过我
满街奔跑

我手脚冰凉
灵魂无处安身
已经很久没有人给我送红玫瑰了
更别说亲我的脸蛋
如今
红玫瑰
与我无关

我把红玫瑰

丢了

在十九年前那个“长发卷起”的日子

坐在床上看风景

今天是阴历正月十一，尚在年中，但是年味已经很淡了。天气预报说西安是阴天，实际上不只是阴天，雾霾严重得很！

我是个极其情绪化的人，天气不好直接影响我的心情，感觉很压抑。上午写了点文字，画了幅扇面，午睡了一会儿，下午泡了一杯绿茶，坐在床上，边吃柚子边看书，却怎么也看不进去。著名作家红柯心脏病突发身亡，对我影响很大，我告诉自己，不敢太拼命，便不再强迫自己，看书写作，一切顺其自然。生命对每个人来说只有一次，没了生命，一切清空归零，从此你和这个世界就无缘了。人呀，住上几次院，就把一些事想通了；去一趟火葬场，就把一切都放下了。人生争来争去，争到最后就是一把灰！

百无聊赖中，看着窗外发呆。本来计划出去玩几天的，但手头的事还没办完，只好推后。已经过了求人办事的年龄，但面对世俗红尘中的诱惑，还是不能做到彻底放下。如《六祖坛经》所言："世人终日口念般若，不识自性般若，犹如说食不饱，口但说空，万劫不得见性，终无有益。"摩诃般若波罗蜜是梵语，此言意思是大智慧到彼岸。此须心行，不在口念。口念心不行，如幻如化，如露如电。

话说回来，这世间对名利真正能放下的又有几人呢？况我辈凡夫俗子，更难以做到。

我家的房在顶层，临街，坐在床上，窗外的风景一览无余。雾霾中车辆飞奔在公路上，人像蚂蚁一样穿梭其中，行色匆匆。说到底，忙来忙去，无非是为“名利”二字。正所谓：“天下熙熙皆为利来，天下攘攘皆为利往。”世俗中，大部分人都是自私贪婪的，都喜欢追逐利益。殊不知人生苦短，生不带来，死不带去的，再多财富，眼睛一闭，双腿一蹬，什么也带不走的。如徐志摩的诗中所言：“悄悄的我走了，正如我悄悄的来，我挥一挥衣袖，不带走一片云彩。”

所以，想见什么人，就赶紧去见；想吃什么，就赶紧去吃；想去什么地方玩，就立马去，别犹豫不决。过去的已经过去了，未来的还未知，能抓住的只有现在。人之所以累，一半源于生存，一半来自攀比。执迷的人，活在过去；奢望的人，活在未来；只有务实的人，才能活在当下。

我们都是天地间的过客，荣华富贵，虚名浮利，不过是过眼烟云，生活简单点，欲望少一些，快乐就多一些。知足常乐，随遇而安，才能轻装上阵，轻松前行。

世事一场大梦

昨天，刚立秋，今天西安就下雨了。坐在窗口，敲下这些文字，一阵一阵秋风，便觉凉意袭人，望着窗外，若有所思。看着窗边衣钩上挂着的尚未摘下商标的连衣裙，心里一阵阵悲凉！想起这个刚刚过去的夏天，来不及欣赏大自然，来不及看街上的姹紫嫣红，甚至来不及穿自己心爱的裙子，今年的夏天就过去了，永远地过去了，不再回头。转念一想，季节也是一年中的过客，一年又一年，春夏秋冬，周而复始，但终归是天地之间的过客。

入夏以来，一直在赶写一部作品，每天大汗淋漓，写作在十几个小时以上。昨天结稿，给杂志社发邮件时，无意中看到今日立秋。这个夏季的精彩就这么错过了，来不及看街上的翩翩五彩裙裾，池塘里的碧绿荷叶和粉色花朵，路边夏木下的细腰美女……

肆虐了一个夏天的太阳，终于卧床不起了，取而代之的是淅淅沥沥的秋雨，全然没了夏的聒噪和闷热。秋雨下着，敲在窗上、地上，弹奏出一支秋的交响曲，其中的意味是绵长的、悠远的，使我想起许多封尘的陈年旧事。

这也让我想起了《道德经》“飘风不终朝，骤雨不终日……”，意思是说狂风刮不到一个早晨，暴雨下不到一个整天，总有停歇的时候。花无百日红，人无千日好！天气终归是要凉下来的，就如同人最终是要死去一样，这是不容置疑的定律。

已经过了伤春悲秋的年龄，加之经历了人生的大起大落后，已经看淡了一切，看透了世间百相，看清了各色人等的嘴脸，无论遇到什么事，已经麻木冷漠，见怪不怪了！这几年，不再迷茫，不再惊慌，不再羡慕，不再嫉妒，从容面对一切。悟出了人间至味是清欢，平平淡淡才是真。平时和人交往，做到了不卑不亢，不攀缘，不奉承，不迎合，更不强求，一切随缘。

“世事一场大梦，人生几度秋凉。夜来风叶已鸣廊……”一直喜欢苏轼这首《西江月 · 世事一场大梦》，每次读后，都有不同的感受。随着阅历和年龄的增长，感悟愈发深刻。

明张岱在《陶庵梦忆》中说：“鸡鸣枕上，夜气方回，因想余生平，繁华靡丽，过眼皆空，五十年来，总成一梦。”殊不知所谓的成功，都是世俗意义上的成功。世俗意义上的成功和失败，是一种游戏，也是一种假象。是因为有分别心，认为有权有钱就好，成功了就好，殊不知失败也有失败的好处，让你认识自己，看清真相。

《金刚经》四句偈：“一切有为法，如梦幻泡影，如露亦如电，应作如是观。”

人生的三种境界：看山是山，看水是水；看山不是山，看水不是水；看山还是山，看水还是水。

绚烂之后是寂静。

世事一场大梦，只要努力了，无愧于心，无愧于青春，无愧于岁月，就可以了，就释然了。

一切随缘，顺其自然。

随缘便是福!

大自然看似平静，实则急流涌动，生灭涨落，每时每刻，瞬息万变，这一刻都不知道下一刻会发生什么，我们能抓住的只有当下，活在每个当下，享受每个当下生命的喜乐。

处处留心皆学问

今天是七夕节，中国的情人节。

传说是牛郎和织女每年唯一能相会的日子。

早上西安天阴沉沉的，浓雾大风，老天像通人性似的，怜惜牛郎和织女“一年只能见一次”的苦情。浓浓凉意的雾，给七夕涂抹上了惆怅和落寞。那雾，裹了万种柔情；那风，听得人莫名心碎。

赶上了闰月，两个漫长的六月，把夏日的脚步拉扯得很缓慢。于是，2017 年的七夕比往年来得晚了些许。

中午，我和女儿去“花之林私房菜馆”吃饭。女儿说 ：“妈，今天想吃啥？随便点。我替爸给你过情人节。”

我问：“此话怎么讲？”

“我爸打来电话说，今天是情人节，给你妈吃好点。”女儿笑着说道。我心想，我爱人，没有一点浪漫情结，就知道吃。

女儿在菜谱上看到这样一段话：“富贵名誉，自道德来者，如山林中花，自是舒徐繁衍；自功业来者，如盆槛中花，便有迁徙兴废；若以权力得者，如瓶钵中花，其根不植，其萎可立而待矣。”她问我这是什么意思。

我告诉她，这是《菜根谭》中的话，意思是：一个人的富贵荣华、声名利禄，假如是从修养道德中得来，那就如同生长在大自然中的野花，会不断繁殖，绵延不绝；如果是从建功立业中得来，那就如同生长在花园中的盆景一般，只要稍微移植，花木的成长就会受到严重影响；假如是靠特权，甚至恶势力得来的，那就如同插在玻璃瓶中的花朵，由于根部并没有深植在土中，所以花的凋谢枯萎指日可待。

古人提倡以德报人，而且认为财富、美名也应是有德者居之。道德修行不是一朝一夕的事。君子“立德、立功、立言”要慢慢成长，官位、财富、名誉要一点一点地累积。反之，假如用不正当的手段于短时间强行获得，那就宛如空中楼阁，转眼之间就会土崩瓦解。所以自己的财富要通过劳动付出得来，自己的社会地位要依靠自己的道德力量获得。

女儿恍然大悟，道：“‘花之林’私房菜的名字，正是取‘富贵名誉，自道德来者，如山林中花，自是舒徐繁衍’之意。”

我点头说：“是。”

女儿感叹道：“看来处处留心皆学问。做生意也得有文化，以后要多读书。”

我因势利导：“是，不但要多读书，还要读好书。腹有诗书气自华。”

说话间，窗外下起了淅淅沥沥的秋雨。

不久，菜上齐了。凉菜有：龙须苗、芥蓝桃仁；热菜有：清蒸鲈鱼、花之林杂炒（银杏、西蓝花、银耳等食材炒在一起）；外加一个会员菜：豆芽拌面筋。我们要了红酒，服务员给我们各自倒了一杯。女儿举起杯子，说：“我们为‘中国情人节’干杯。”吃饭间，女儿问七夕节的来历。我告诉她："七夕节，传说是牛郎织女相会的日子，是中国传统节日中最具浪漫色彩的日子，正被越来越多的年轻人看作是'中国情人节'。有一首诗，'纤云弄巧，飞星传恨，银汉迢迢暗度。金风玉露一相逢，便胜却人间无数。'秋风秋雨中，那场迟来的鹊桥会，岂是一句凄婉了得。"

七夕鹊桥会。

这个有着悲情故事的日子，被今天的人们称作情人节。

还有"迢迢牵牛星，皎皎河汉女""盈盈一水间，脉脉不得语"，这是汉代《古诗十九首》中的诗句吧。短短的几句诗，把天河两岸的一对情侣相思不得相见的情态描绘得生动形象。

窗外，笼罩着浓重悲剧色彩的中国情人节在风摇芭蕉雨打落红的湿漉漉的秋日里，愈发显得缠缠绵绵。

飘着凉飕飕秋雨的中国情人节，比初春那个西方情人节味道更有层次，没有轰轰烈烈色彩浓重的浪漫，只有这带着一丝苦涩的深情，只有这有些凄凄冷冷的诗意，意味隽永，悠长缠绵……

是谁打开了潘多拉的魔盒

你的名字碰伤了我的嘴
一提起那两个字　我就疼
我不想说出那黑色的时刻
黑色的数字
黑色的幽灵
吞噬一条条鲜活的生命
……
——《瘟疫》

2020年的这个春节，是我有始以来过得最闹心、最揪心、最担心、最恐慌、最焦虑的节日。这个新年太难熬了，灾难扎堆着来，瘟疫、地震、恐怖袭击，接踵而来，每天不奢望什么，睁开眼还活着，就是再踏实再开心不过的事了。

面对突如其来、气势汹汹的新型冠状病毒肺炎疫情，医院没有特效药，医生从未见过这种新冠病毒肺炎，只能靠常规治疗肺炎的药物和自身的免疫力闯关了。

后来，新型冠状病毒感染的肺炎疫情防控形势越来越严峻了。

一方有难，八方支援。全国人民都牵挂着武汉。生命重于泰山，疫情就是命令，防控就是责任。每天，在电视上和手机上看到的都是白衣天使、解放军、爱心人士从四面八方向武汉汇集的信息。

人说，百无一用是书生。此话，一点不假。国难当头，面对人命关天，如此凶险的疫情，自己却束手无策，帮不上一丁点忙，我感到万分羞愧！这时，有媒体跟我约稿，说诗歌、散文都行，我从心里是抵触和拒绝的。面对如此大的疫情，自己无能为力，却坐在电脑前写下一行行没用的文字。苍白的句子掩盖不住我的羞愧——我武汉的兄弟姐妹在受难，我却无力拉住他们。

随着疫情发展越来越凶险，人们意识到，此次疫情远远超过17年前的非典疫情。全国各省市提倡人们减少外出，在家隔离。出门戴口罩，勤洗手。城市影院、公共场所关闭，公交车辆减少，农村堵路、封村。为了不给国家添乱，我只能坐在家里看书。对于我这个“宅女”来说，并没什么不习惯的，同往日一样，按时作息，除了吃饭睡觉，就是读书、看电视，每天亦复如是。

直到有一天，我看到一则国际消息，十分震惊，觉得再也不能保持沉默了，于是在电脑前敲下这些文字。

消息如下：澳洲因为山火失去生活家园的60多万只蝙蝠被迫迁移，找不到栖息地就逗留在天空。成群的蝙蝠飞进人类生活的城区，它们身上的致命病毒将和人类近距离接触。澳洲的山火未灭，东非的蝗虫又向人类发起挑战，气候变化引起蝗虫肆虐，所到之处，庄稼和植被毫无招架之力。

眼下，新冠肺炎疫情把十几亿人圈进钢筋水泥的房子里。正如一条微信所言：一直以来都是人类把动物关进笼子，而今年春节，动物却把十几亿人关进笼子。

《阴符经》里说："天发杀机，移星易宿。地发杀机，龙蛇起陆。人发杀机，天地反覆。天人合发，万化定基……天生天杀，道之理也。天地，万物之盗；万物，人之盗；人，万物之盗。三盗既宜，三才既安。"

意思是说，五行逆行则天发杀机，星体移位，黑白颠倒，灾难将至；地发杀机，则山崩水溢，龙蛇不安其位；人发杀机，则翻天覆地，山河动摇。若是人和天机同发，则万物将在一个新的基础上定下来。天生万物（春生夏长），天亦杀万物（秋敛冬藏），这是自然规律。天地生万物亦杀万物，万物生人亦杀人，人生万物亦杀万物。三者相互为盗又寓相生之理，使天、地、人各得其位，各司其职，万物育生。

长期以来，由于人类的贪婪、自私，欲望空前膨胀，争权夺利，过度开发，破坏大自然，无情杀戮动物，从而破坏了大自然最初的天人合一、万物共生、和谐共处的格局。大自然开始报复人类了。

《道德经》中有："天地不仁，以万物为刍狗。"人类，不要认为你高人一等，不要有太多的优越感，在大自然眼里，你和各种动物、植物，没什么两样，和自然界一草一木、一山一石，没什么两样。既然万物都是有情生命，众生都是平等的，你凭什么侵占动物的领地，凭什么任意杀害野生动物？太过分了！当大自然中的野生动物反扑时，你只有招架的份，连还手的机会都没有。当初你是怎么对待野生动物的，现在野生动物就会还你什么。即种什么因，得什么果。你怎么对自然界万物生灵，自然界万物生灵就怎么对待你！因果报应，谁也躲不过。因果报应，真实不虚。

且看武汉华南市场，大众畜牧野味价目表中，各种野生动物都被明明白白安排了价位：活孔雀500一只，活大雁170一只，活水貂500一只，活果子狸130一只……

这次疫情，据说和野生动物有关。野生动物原本在森林、在山洞、在湖泊好好地生活，却被抓进了笼子，走进了城市，搬进了市场，端上了饭桌。这都是人类自己招的祸！

人类在大自然面前太过渺小。大自然的报复不和你打招呼就不期而至。它的迅猛，能让人类瞬间面临生命危机。一如时下的新冠肺炎疫情，人的生命其实是非常脆弱的，存亡也是瞬间的事。可能是条件反射，春节期间我便在家重读加缪的《鼠疫》，企图寻找或借鉴一些经验，看自己能为家人、社会、人类做些什么。

加缪在《鼠疫》中说："人世间的罪恶几乎都是由愚昧无知造成"，"人类能在这场鼠疫和生活的赌博中，赢得的全部东西，就是知识和记忆。"但愿这次疫情，能让我们所有人都长知识、长记性。断不可好了伤疤忘了疼！来势汹汹的新冠肺炎疫情，发人深省。人类要敬畏自然，敬畏野生动物也就是自保，敬畏自己的生命。

痛定思痛，警钟长鸣！

文章写到这里，我恰好收到朋友发来的这条微信视频，我想，以此作为结尾再合适不过了。

多年后，后人们提起：己亥末，庚子春，荆楚大疫，染者数万，众惶恐，举国防，皆闭户，道无车舟，万巷空寂。然外狼亦动，垂涎而候，华夏腹背芒刺。幸龙魂不死，风雨而立。医无私，警无畏，民齐心！政者，医者，兵者，扛鼎逆行勇战矣。商客、名家、百姓、仁义者、邻邦献物捐资，叹山川异域，风雨同天，岂曰无衣，与子同裳！能者竭力，万民同心。月余，疫除，终胜。此后百年，风调雨顺，国泰民安！

我们一定会赢！

有一些人，虽已离去，却永远被铭记；有一种精神，穿越时空，却历久弥新。

这次抗疫战斗中一线的英雄和白衣天使，他们的坚毅勇敢、无私无畏、大爱无疆、勇于奉献的精神和情怀，将永载史册。

从新冠肺炎疫情联想民国时期的霍乱疫情

宅家的日子里，白天看一天书，晚上换个脑子，看看电视，放松一下身心。

时下，正值陕西新闻资讯频道播放《白鹿原》，让我联想起刚写完的纪实长篇《一代名流张子宜》，他在民国十八年陕西年馑及灾后瘟疫中，不遗余力，全力救助无依无靠的孤儿。他无私无畏的高尚品德和博爱奉献的精神情怀，穿越一个多世纪的沧海桑田，如今依旧在神州大地上熠熠生辉。

民国十八年（1929 年），对陕西人来说，是黑色的记忆，是永远的伤痛。

确切地说，灾难实际上从 1928 年就拉开了序幕。

这一年从春季起，关中大部分地区就滴雨未降，麦种下地无法发芽，夏秋连料绝收。苦不堪言的农民期盼第二年时来运转风调雨顺，哪料 1929 年旱情更甚，井泉涸竭，河道断流，宽阔的渭河平时可以通舟舸，而当年却在河道里行马车，甚至连根深叶茂的多年老树也大半枯萎。

往年沃野千里的关中平原，这时整个赤地枯焦，满目苍凉，惨不忍睹。

随着旱灾的加重，要求入院的孤儿骤然增多，只扶(风)、武(功)、岐（山）、眉（县）、兴（平）五县，待救之孤儿已达五百人以上。

当时，大批饥民拥于孤儿院大门口，络绎不绝。尽管张子宜先生已患严重的肺病，到孤儿院大门口，为难民写介绍信，请各慈善团体予以收留。

在如此恶劣的生存大环境下，子宜孤儿教养院平稳过渡，没有一个孩子死于饥馑或瘟疫，创造了人间奇迹。

民间有谚：不怕年馑头，只怕年馑尾。意思是说大灾之后必有大疫。1932 年，关中地区爆发了“虎烈拉”即霍乱。此疫 6 月 19 日从潼关一居民开始，由东向西迅速波及西安，继而很快蔓延到东府、西府、陕北及陕南部分地区。

这一传染病流行之快之烈空前旷古，染病者发热恶寒，上吐下泻，眼睛凹陷，抽筋转腿，因而也叫“转筋呼噜泻”，死亡率极高。全省灾及五十七县，死亡十三四万人。

瘟疫迅速蔓延，很快，农村便出现十屋九空的现象。开始还有人用棺材掩埋尸体，后来棺材供不应求，只好用席子一卷随便入土。再后来，很多人家全部因疫情而亡，就没有人掩埋尸体了，哀鸿遍野。

当时，有这样一个顺口溜：李四早上埋张三，中午李四升了天。刘二王五去送葬，月落双赴鬼门关。

白天，一群一群野狗走街串巷，入村进户，啃食死尸；黑夜，腐尸的气味引来狼群，一群一群的狼也入村进户，连尚在病中或还未死去的老弱妇幼，都惨遭狼群残害。

时隔 88 年后的今天，陕西在这次新冠肺炎疫情中，全民动员，截至我写这篇稿子，陕西省政府已经召开新冠肺炎防治新闻发布会十余场，众志成城，打胜抗击疫情全民阻击战，足见政府的重视程度。我们应该为自己生在新中国，长在红旗下，生活在这样繁荣昌盛的伟大时代而感到自豪！

指尖上放飞梦想

——记渭南市临渭区巧娘草编合作社董事长陈春苗扶贫先进事迹

深秋的早晨，一轮红日冉冉升起，远处，终南山，万山红遍；近处，火红的柿子挂满枝头，还有乡亲们红彤彤的脸蛋上，满是喜悦的神情。

太阳还没越过山头，渭南市临渭区南桥镇庙底村街头巷尾大大小小的草编工艺作坊忙碌起来了。他们或坐或蹲或行走或站立，男女老少，三五成群或说笑或聊天，轻松愉快中没有忘记手中活，掐帽辫、编筐、编灯笼，以及编制诸多麦秆、玉米皮工艺品，娴熟的技艺展示在指头舞动之间。

我要采访的人电话一直占线，弄得我一时不知所措。正巧不远处一农家院子走出来一位老婆婆，我微笑着上前和她打招呼：婆婆好！婆婆看着眼前陌生的我，绽放的笑脸隐含着疑惑。我说明来意，找村子里的陈春苗。婆婆即刻放松了警惕，沧桑的脸似门前花盆里盛开的菊花。“你找春苗呀？认识认识。她可是我们村的福星，名气老大了，无人不知，无人不晓。”

我顺着她指的方向，以最快的速度赶到村委会办公地，再次给陈春苗打电话，还是占线。我按捺住急迫采访的情绪，等待着能早点联系上要采访的人。

陈春苗来了，她精神抖擞地走来了。

她中等身材，身穿一件黑白相间的格子大衣，白皙的脸蛋上镶嵌着一双乌黑的闪闪发光的大眼睛。她未曾说话先露出满脸笑容，一言不发就给人一种亲和的感觉。更意外的是她说起话来口齿利落，彰显出农村女强人特有的精明、聪慧和干练。她迫不及待地让我们跟随着她，进入时空隧道畅览她40多年来多彩的岁月。

麦秆灯，照亮了儿时梦

陈春苗，1968年出生在桥南镇李村三组，姊妹五人，她排行老二。关中有一句方言：偏大的，向碎的，中间夹个受罪的。从小的家境贫寒，练就了她吃苦耐劳、倔强坚毅的性格。

她是个吃过苦、受过罪的人，对儿时苦难的经历记忆犹新。陈春苗说：小时候，最高兴的莫过于春节，孩子们早早就掰着指头算日子。在春节能吃白馍，吃长面，吃油汪汪的肥肉片片，穿新衣，打灯笼，好不惬意。除夕之夜，母亲把新衣服整整齐齐放在枕边，小春苗一夜醒来几回，看自己的衣服还在不，生怕一觉醒来，花衣服不翼而飞。大年初一，母亲很早把她叫醒，给她梳辫子，扎红头绳，给她手里塞两颗糖。漂亮的小春苗，在镜子前面照了又照，然后跑到街上和小伙伴玩耍，手里的两颗糖捏出了汗都舍不得吃。

小时候收麦子，小麦秆是小春苗姐妹们手中的玩物，也是她们装点生活的宝物。三五个小丫头，围坐在一起，挑选出相对匀称的一把麦秆，用水浸泡一会儿，随意抽出两三根，就可以编出各种造型来。

在物质生活极其匮乏的年代，小村庄逢年过节依然少不了有礼物要送给孩子。当时，最讲究的是“送灯”：12 岁以下的孩子，每年正月初六前后都会收到来自舅家的“长明灯”，这样的灯笼，女孩子在结婚出嫁时，也是少不了的。

小春苗在春节期间，掰着手指头算着，盼望着初六早日到来，这样舅家就会送长明灯来。那时，做工精良的麦秆灯笼，逐渐被遗忘了，取而代之的是绸子做的宫灯、纸质的莲花灯笼、兔娃灯笼、转转灯，后来又出现了手电筒、马灯以及充电的各式洋灯笼。灯笼的种类、材质和款式各不相同，但有一点是相同的，都是寄托着老人对孩子的祝福和期盼，希望孩子们健康、平安、长命百岁。通常过了大年初五，开始送灯，华灯初上，孩子们呼朋引伴，三五成群打着灯笼，在村巷里流动，村子成为欢乐谷、幸福河。

20 世纪 90 年代初，小春苗长成了大春苗，出落成一个亭亭玉立的大姑娘，远近有名的一枝花。说媒的人踏破门槛，慧眼识才的陈春苗百里挑一，相中了桥南镇堵子村庙底组英俊帅气的小伙子陈有强，珠联璧合，夫妻强强联手，对外承揽装修工程，干得风生水起，小有成就。

他们结婚那年月，虽说已经改革开放了，但农村，尤其是山区，依然生活艰难，物质匮乏，普遍缺钱花。

陈春苗和陈有强婚后相敬如宾、伉俪情深，很快生有一双儿女，公公婆婆都分给他们抚养，这个六口之家，家庭和睦、其乐融融。

陈春苗受其公公熏陶和影响，学习草编，并爱了上草编。她做梦都没有想到，当初和公公闲聊，出于好奇，向公公学习编织的麦秆灯笼，会在日后的手工艺大赛中获奖，并且做成了一个产业，给她带来意想不到的惊喜。

好女儿，谁让你妈叫春苗

临渭草编历史源远流长，草编技艺在渭南已经有几千年历史。这里的人祖祖辈辈编织，当时主要是用于防雨、防晒，以手工编织草帽、蓑衣为主，讲究实用，后期逐渐衍生出蚂蚱笼、草马、草蝎子等供小孩子玩耍的玩具。

2015 年 6 月，陈春苗和丈夫随装修公司的工人们干活回来，在村口听说陕西绿草地社区文化中心正在举办全村第一届手工艺大赛，想起当初跟公公学习编织时的那对麦秆灯笼，于是打开尘封的柜子，取出这对灯笼，急匆匆地赶往参赛场。散发着麦草光泽的灯笼悬挂在村委会门前的那棵杏树上，被绿油油的树叶衬托得格外耀眼，之前围在十字绣、花馍等工艺品前观看的人们都争先恐后地跑过来，和这对麦秆灯笼合影留念。镇政府的领导和村干部也喜出望外，不约而同地说：“第一次看到这么精致的麦秆灯笼。”参赛主办方也给予高度评价。最终这对灯笼在大赛中获得二等奖。

第一次参赛就获奖，给了她极大的信心，也给她带来了意想不到的好运气。可以毫不夸张地说，这对麦秆灯笼，改变了她的人生轨迹和前途命运；这对麦秆灯笼，让她脱贫致富并带领全村妇女奔小康；这对麦秆灯笼，点燃了残疾人和留守人员的梦想，让他们自食其力，体现自身价值。

陈春苗说，过来了都是好日子。当初农闲时，陈春苗和公公闲聊，她问公公：“爸呀！你们过去人都会做啥？您手还挺巧的！您没事了给我编一下，让我看看。”于是，她公公给她编了蛐蛐笼子、蚂蚱、草鞋等。当初她是出于好奇和爱好，想做一些事情，但那次手工业大赛的惊喜让她把草编这个梦想开始一步一步实现。

陈春苗，想当初她和村里的妇女骨干去镇上各村为村民们培训草编技术，有些村的村民们老远看她们来了，就赶紧把门关上，不予理睬。其实这缘于群众对这件事不理解，没有信心或者信心不足。（抑或是因为之前，陕西省嘉义妇女发展中心在该镇培训兔子养殖失败的教训，村民心里有阴影。）有几个人也在底下串通，说，别理睬，她们是骗人的。陈春苗心想，扶贫是干啥呢，是扶人心呢。人穷不怕，就怕心穷，当务之急，是让村民树立起再创业的信心。陈春苗和几个姐妹走街串巷下乡培训，累得够呛，却时常会吃闭门羹。她们商量后，决定晚上出动。农村一到晚上，黑灯瞎火的，一不小心，陈春苗左脚扭伤了，左踝骨肿得像核桃大，但她仍坚持下乡培训。她想，当务之急，是解决村民的思想问题，让她们理解、接受并参与。同时，着力抓市场营销，群众看到真金白银，看到利益，得到实惠，自然就会接受培训，积极参与合作社草编工作。

一天晚上，她照例一瘸一拐地回来了，脸上满是疲惫。看到此情景，丈夫心疼地说：“算了，别跑了，咱是啥日子过不去了，搞得这么辛苦。”

陈春苗坚毅地问丈夫：“不跑，那些残疾人怎么生活？”

丈夫说：“咱平头百姓一个，管不了那么多。”丈夫陈有强生性正直，看不得别人的脸色，同时也心疼自己的妻子。

夜深人静，陈春苗躺在床上，左踝骨钻心疼，她想起连日来村民的不理解、不理睬，甚至冷嘲热讽，泪水止不住地往下流。她想起丈夫刚才劝她的话，真心有些犹豫了，心里直打退堂鼓。陈春苗原本是和丈夫承包装修工程的，本来收入还是不错的，可以毫不夸张地用四个字概括：衣食无忧。

她真心动摇了，心想，大不了重操旧业，继续搞装修工程。可一觉醒来，面对一轮红日，她又信心满满，照例下乡培训去了。生性倔强的陈春苗，哪肯轻易认输。时间长了，丈夫看拗不过她，也懒得说了，随她去吧!

丈夫依然在搞装修，以养家糊口，供两个孩子上学。他见证了陈春苗从个人到小组，到最后成立合作社一路走来经历的坎坷和艰辛，看着妻子的事业一天天做强做大了，风风雨雨、红红火火，他心疼妻子，干脆放弃了自己的装修工程，来妻子的合作社工作。现在每逢上面检查或会议，丈夫都默默地帮助她准备资料，全力以赴支持妻子。女儿上高中，开家长会，她从来没有去过，为此女儿多有怨言。她却说："谁让你妈妈叫陈春苗呢！"女儿看到妈妈一心扑在工作上，也释然了。后来她也曾对女儿说："妈对不起你。"女儿告诉她自己能照顾好自己，让她把她的事干好就行了。儿子远在广东工作，几年回来一次。有一年腊月部队给几天探亲假，儿子好不容易回来一次，可腊月二十七了，她才开人大会回来。除夕，别人家都在吃手擀宽面，她却给儿子压了一碗饸饹。儿子端起碗吃了一口，高兴地说："终于吃到妈妈做的饭了，真香！"陈春苗一阵阵心酸，眼泪在眼眶中打转转，觉得对不起儿子。

吃罢饸饹，儿子就要返回广州了，她去送儿子到车站，快到车站时，儿子说不让她送了，让她回家。她站在那里，就是不肯回。她对儿子有太多的亏欠。儿子一步三回头给她挥手，让她回家。儿子怕妈妈哭，也怕妈妈看见自己哭，只好钻进车站的小卖部。她三步并作两步冲向车站，娘俩儿泪眼相迎，拥抱在一起。

送人物，不如正本扶其智

中国有句古话叫“授人以鱼，不如授人以渔”，说的是传授给人既有的知识，不如传授给人学习知识的方法。道理其实很简单，鱼是目的，钓鱼是手段，一条鱼能解一时之饥，却不能解长久之饥，如果想永远有鱼吃，那就要学会钓鱼的方法。

陈春苗似乎对此话感悟颇深，她不止一次告诉我，给人钱物，只能救一时，救不了一世。就是人常说的一句话，救急不救穷。教人一项生存技能，才能从根子上解决问题。生意要做好，须先得把人做好。她也不止一次说，她见不得可怜人，见了就心酸，就想帮。

她是这样说的，也是这样做的。心地善良的陈春苗致富后，不忘村里的父老乡亲、残疾人和留守人员。合作社除了在经济上帮扶村里的残疾人、孤寡老人和困难户外，还让骨干上门给这部分人培训，手把手传授草编技术，帮助他们掌握一技之长，以技术增加收入，最终实现脱贫。家有钱财万贯，不如薄艺在身，让他们学会一门手艺，就有了安身立命的能力和保障。

在各村培训技术人才期间，陈春苗和合作社的业务骨干们早出晚归，穿梭于各村之间。她们自带干馍和白水，饿了，啃口干馍，渴了，喝口白开水。来来回回，都是凭两条腿走呢！有时，姐妹们干粮吃完了实在饿得不行，便在路边的菜地里摘个西红柿或黄瓜垫垫继续培训。由于长期坚持在各村培训技术人才，爱心感动了远近村邻，村里人慢慢理解并参与她的草编合作社了。一些老人心疼地说："人家春苗刚嫁到咱村时白里透红，谁见谁夸，可漂亮了，现在，为了让咱大家过上好光景，把人家娃儿累得又黑又瘦，看着都让人心疼。"

合作社几年来先后在临渭区成功举办扶贫订单式免费草编技能培训50余期，参加培训达3000余人，解决就业1000多人，带动相关产业扶贫300余户，义务为当地贫困户、留守妇女和残疾人传授草编技术，取得良好社会反响，发生了许多非常感人的事迹。

烟村大寺组的程菊草，丈夫有病去世后她和儿子相依为命，生活非常拮据，陈春苗知道这一情况后，亲自上门为她传授草编技艺，并与她签订长期回收合同。程菊草的儿子收集当地废弃的玉米皮、麦秆交给合作社，每斤一元。程菊草通过编织草编一个月可收入1500元，现已经成为合作社骨干，当培训老师每天的培训费为50—100元。每逢人说起巧娘草编合作社时，她便满含热泪地说："草编让我重新拾起生活的希望，参与草编让我家脱贫致富。"

堦子村庙底组兰菊养，丈夫因病早逝，剩下她和智障的儿子，生活十分困难，没有什么经济来源，仅靠贫困补助资金生活。陈春苗多次上门为她传授草编技术，并让她带儿子到地里收集别人不要的玉米皮和麦秆，合作社以高出市场价的10%收购。陈春苗还让兰菊养的儿子来合作社打扫卫生，按月给其发工资。兰菊养逢人便讲："我这儿子能挣钱养活自己了！"

堉子村庙底组杜雪花家，她和老伴都已七十多岁，去年年底，年仅四十五岁的儿子突发心梗不幸离世，白发人送黑发人，让她几近崩溃。陈春苗主动到她家和她拉家常，帮她干家务，并传授草编技艺，以比市场价高出10%的价格收购她家的草编原料和草编工艺品。她哽咽地说："草编让我一天有四十元的收入，也让我有了精神寄托，忘掉了丧子之痛，是草编改变了我的生活质量和精神面貌。"

还有六十七岁的合作社骨干王秋爱，三个女儿已经出嫁，剩下她和老伴，生活全靠三个女儿维持，自从参加草编合作社以来，生活上有很大的改变，现已成为合作社一名出色的培训老师，光培训费一天就净赚100—200元，一个月按最低15—20天在外培训计算，一个月最低工资可以拿到3000—4500元。她说："我活了大半辈子了，没有人把我当老师，如今走到哪里培训，人家都称呼我老师，而且出入宾馆，脚踏地毯，吃的是大餐，坐的是小车，逛的是名胜古迹。现在不用孩子的钱了，心情也好了，和姐妹们一起做草编之余，唱歌、唱戏，仿佛人也年轻了，腰包也鼓起来了，活了大半辈子都没有去过的地方现在都去了。"她还高兴地说，现在感觉活得有尊严有地位了。像这样的合作社骨干老师还有庙底村的李明巧、常村的秦贞亚等十多人。合作社还开展结对帮扶关爱老人活动，已经举办了4届。每逢一年一度的重阳节，堉子村鞭炮齐鸣、锣鼓喧天，村里的老人都会欢聚一堂。巧娘草编合作社还会为老人们准备好水果、茶点和热腾腾的饺子。

合作社以草编带动周边乡亲们脱贫致富，他们定期上门义务为贫困户、残疾人和草编爱好者做技能培训，使他们掌握一门能够增加收入的技能；产品订单也向贫困户倾斜，依托“巧娘草编合作社”，解决贫困户就业300多户，2000余人，部分贫困户年均收入达万余元，已经达到国家脱贫的标准。

陈春苗对贫困户还有一些特别优惠政策，给贫困户提供原材料；产品收购价高出市场价格的10%；对于个别无启动资金的农户，她先行垫付资金，日后以产品回收款抵回预先垫付的资金，从源头上解决了贫困户资金困难的问题。陈春苗为临渭区6个街镇的贫困户和群众找到了致富途径，开拓了临渭区人们脱贫攻坚的新天地，形成了一个区域品牌。

天地宽，让梦展翅任飞翔

传承传统农耕文化，陈春苗让农民学会了废物利用。合作社几年来以每斤一元的价格大量回收玉米秆皮、麦秆，既减少了环境污染，也提高了玉米秆皮的自身价值。

以前，农民把绝大部分麦草、玉米秆等作为燃料，用于烧饭、取暖。陈春苗把付之一炬的废物变成人们发家致富的原材料。

早期的草编工艺以编织草帽、蚂蚱笼子为主，然后逐渐衍生出草马、草蝎子等供小孩子玩耍的玩具，这只用了农村很少一部分作物秸秆，大部分还是被烧掉了。

随着时代的变迁和社会的发展，从事草编的妇女依旧以编织制作草帽为主，直到堵子村庙底组妇女草编小组的成立，这些小组成员从学习草鞋编织开始，在陈春苗的带领下，组建了巧娘草编合作社，他们学习各种编制技艺，开始了批量化生产。

巧娘草编合作社的成立，大大提高了麦草、玉米秆皮、草根的使用量和生产价值，这既解决了焚烧秸秆污染环境的问题，又增加了农民的经济收入，一举多得，实现社会和经济效益双赢。

巧娘草编合作社生产的系列产品顺应时代发展要求，玉米秆皮、麦秆、野草等都是就地取材，成本低且环保，社员坐在自己家里就能赚钱，尤其适合残疾人、留守妇女、老人和孩子操作，这是得天独厚的致富方法。

而今，巧娘草编合作社，不缺原材料，不缺技术，不缺市场，草编资源绿色、环保、无污染，成为成本低廉、投资无风险产业。这样的产业，只要有远见，有开拓精神，持之以恒坚持下去，就能做大做优做强。

资源无忧，前景看好。只有规模的再扩大，才能实现产值的再增加。草编产业，在区域内助力脱贫中发挥了积极的引领示范作用，同时还带动了柞水、宁强、宝鸡、合阳等地相关产业的发展，有向全国辐射的态势。巧娘草编合作社的骨干人才，先后到内蒙古、山西、河南、甘肃、四川等地开展培训讲座，惠及更多贫困群众，累计举办培训班 20 多期，参训人员 30000 多人，其中贫困户 3000 多户。现在的巧娘草编合作社，得到了渭南市各级政府的大力支持，从政策和资金上给予了最大扶持。渭南市临渭区劳动就业服务中心给巧娘草编合作社提供无息贷款 20 万元，区文化馆、妇联给予巧娘草编合作社政策扶持。桥南镇党委书记张斌对合作社的发展尤为重视，多次下乡了解巧娘草编合作社的建设情况、发展情况。他对陈春苗说，有困难就去找他。但陈春苗寻思，不能遇到困难就找领导，有困难尽量自己克服。有一次，陈春苗开发了新产品，去找张斌书记给他看产品，张书记笑着说："哎呀！陈春苗，你终于来了。我找了你三次，你都没有来找我……"桥南镇和临渭区政府给合作社扩建了厂房和残疾人宿舍，新盖的厂房坐落在雨露小区，室内实用面积2000多平方米，有办公室、展厅、草帽车间、培训教室、厨房、餐厅、宿舍、体验室、精品工作室等，应有尽有。

该合作社是目前国内少有集传承、设计、生产、培训、加工、销售、定做为一体的加工合作社。该合作社生产外贸婴儿摇篮、玉米秆皮收纳筐、草鞋、麦秆灯笼、风铃、麦秆小挂件、玉米秆皮地毯、沙发坐垫及各种隔热垫等四十多种产品。

在传承古老技艺和文化的基础上，合作社结合现代人对家居环境的要求，除了加大原材料麦秆和玉米秆皮的开发力度，又引进数十种天然原材料，并不断研发新的家居产品，迎合现代家居的环保要求及个性要求，具有较高的文化艺术价值。

巧娘草编合作社已被陕西省工艺美术协会授为"非遗草编传习基地"，被广东省绿芽乡村妇女发展基金会授为"半乡学堂"，被陕西省嘉义妇女发展中心挂牌为"堦子村妇女博览园"，被区妇联挂牌为"妇女儿童之家示范点""妇女创业就业基地"。2017年，巧娘草编合作社被陕西省文化厅授牌为"文化助力扶贫示范单位"。2018年5月，该合作社被临渭区非遗保护中心授牌为"陕西省非遗临渭草编传承传习基地"。

巧娘草编合作社曾被中央电视台"美丽中国农村行"栏目专题报道过，也相继被和广东卫视、凤凰卫视 、陕西农业卫视、《渭南日报》、渭南电视台等各大媒体报道。所创工艺品曾多次在国内大赛上获奖，麦秆灯笼在52届全国工艺品交易会上荣获2017

年金凤凰全国创新产品设计大赛铜奖。2017 年，玉米秆皮花瓶在 24 届农高会上荣获“后稷奖”。2018 年，麦秆风铃系列在 53 届全国工艺会上荣获“金凤凰”全国创新产品设计大赛铜奖。

当我返程时，恰好听到电影《春苗》的主题曲：

翠竹青青哟

披霞光

春苗出土哟

迎朝阳

顶着风雨长

挺拔更坚强

社员心里扎根

阳光哺育春苗壮

阳光哺育春苗壮

……

悠扬的歌声飘过村头，飘向天际。走出很远很远的我，依然在感动中前行。

第三章

心灯一盏

多说不如少说

世界上只有一种枷锁是人独有的，这个枷锁的能量很强，也很可怕，它就是语言。人们一说出口，就无法收回自己的话，说出的话也不能当作没有发生。

身体是装着灵魂的容器，也同样束缚着灵魂。

老子《道德经·二十三章》有“希言自然”。意思是，少说话，合乎自然。

老子《道德经·第五章》有“多言数穷，不如守中”。意思是，人说得太多，往往会使自己陷入困境，还不如保持沉默，把话留在心里。

老子《道德经·第五十六章》有“知者不言，言者不知”。意思是，明智的人不说话，说话的人不明智。

子禽问曰：“多言有益乎？”

墨子曰：“蛤蟆蛙蝇，日夜恒鸣口干舌擗，然而不听。今观晨鸡，时夜而鸣，天下振动。多言何益？惟其言之时也。”

这段话翻译成白话文为：子禽问墨子：“多说话有好处吗？”墨子回答：“蛤蟆、青蛙、苍蝇一天叫到晚，口干舌燥，虽然这样，人们却不听它们的。现在我们来看早晨的鸡，到黎明时啼鸣，天下人被它惊醒。多说话有什么用呢？唯有在切合时机的情况下说话才有用。”

这段话说明了一个道理：话说多了，反而让人厌烦，没有人愿意听，说话一是要说到点子上，二是说话要看准时机。

《菜根谭》中有“十语九中，未必称奇，一语不中，则愆尤骈集”。意思是，十句话说对九句，未必有人说你好，但如果说错一句话，则各种指责、抱怨都会集中到你身上。

孔子曰：“君子欲讷于言而敏于行。”

《易经·系辞卦》中，子曰：“乱之所生也，则言语以为阶。”意思是，祸乱产生的第一大根源就是言语。

《红楼梦》第二十二回有史湘云嘴快，惹得黛玉不高兴的事。

民间俗话，有很多都是告诫人们少说话。诸如“祸从口出”“言多必有差”“沉默是金”“绊人的桩不高，咬人的狗不叫”等，足见谨言慎行是多么重要。

从某种程度上讲，“心直口快”并非一个褒义词，应该心直口不快，才好。聪明的人嘴藏在心里，愚蠢的人心挂在嘴上。

我的经验，面对少言寡语的人，需警惕。在我看来，修身立德的第一要务，是缄口。不说话，别人永远不知道你心里想的是什么。人说，知己知彼，才能百战不殆。足见，沉默的力量不可小瞧！

不要活在自我的牢笼里

人，千万不要画地为牢、作茧自缚，不要活在自我的牢笼里。

人，不要给自己画那么多条条框框。人，活得越简单越快乐。

一盏茶，一张桌，一处清幽。日子，在平淡中诞生出无穷的趣味儿；生活，在柴米油盐中翻炒出诱人的香味儿。生活，从来就不简单，何不简单过呢。简单生活，就是还自己一个窗明几净的家，让阳光能透过窗子，温暖心底，心无尘埃，清风自来。简单生活，就是保持一颗单纯的初心，抛弃一切杂念，守得一份自在静雅。简单生活，就是每天给心灵洗个澡，清清爽爽看世界，淡然从容度过余生。

我们从出生到上幼儿园、小学、大学，为完成一个个目标，苦苦地奋斗，把自己禁锢在自己为自己设置的“牢房”里，好不容易成功，只获得短暂的快乐，接着又为实现下一个目标，苦苦拼搏，往往忘记了当下的快乐。

仰望星空，活在当下，世事万物都在变化，与其纠缠于过去的旧事，不如珍惜眼前所拥有的一切；与其好高骛远不着实际，不如脚踏实地，过好当下的日子。浮生若茶，甘苦一念，不经苦，何来甜，转个念，就是新的甜味儿生活。简单生活，且敬往事一杯酒，天地澄澈；与岁月相视，一笑泯恩仇，心无挂碍。

把心胸放宽，为一点点小事过于执着，就享受不到生命的快乐。真正的幸福来自一颗解脱的心，真正的幸福来自一颗智慧的心，真正的幸福来自一颗佛陀的心。幸福从懂得分享开始。

追求名利、金钱、官位，其实是在追求痛苦，因为它们是生灭、缘起、幻化的。真正有智慧的人向内求，不向外觅。

生命是无常的，无常大鬼随时可来。

人的一生，生无来处，灭无去处，随处灭尽，不过徒有幻化名相而已，所以一切众生都在追求虚幻的东西，如空中花、镜中像，如梦中之境。

生活不简单，那便随缘、随喜、随心，不悲不忧，不急不躁。简单生活，在窗明几净的家中，与三五好友，坐在阳光下，沏一壶清茶，细细品味，过往三千事，都付笑谈中。心若简单，则生活简单。平凡的生活，最让人心安；理解的生活，最让人温暖；简单的生活，最能够长远。无论时光如何流转，守住一颗简单的心，我们想要的幸福，就会一直都在。

忍辱负重者能成大事

老子《道德经》七十八章中有，“受国之垢，是谓社稷主；受国不祥，是谓天下王。”这句话的意思是，能承担起国家的屈辱，才能成为社稷百姓的君主；能承担得了国家的灾难祸殃，才配做普天之下的君王。纵观历史，普天之下，能忍常人难以忍受之屈辱的人，才能成就大事。

张良是汉高祖刘邦的重要谋臣，在他年轻时，曾有过这么一段故事。

《史记·留侯世家》记载，一天，张良闲步沂水圯桥头，遇见一位穿着粗布短袍子的老翁。这个老翁走到张良的身边时，故意把鞋脱落桥下，然后傲慢地差使张良道：“小子，下去给我捡鞋！”张良愕然，但还是强忍心中的不满，违心地替他捡了。随后，老人又跷起脚来，命张良给他穿上。此时的张良真想挥拳揍他，但因他已久历人间沧桑，饱经漂泊生活的种种磨难，因而强压怒火，膝跪于前，小心翼翼地帮老人穿好鞋。老人非但不谢，反而仰面长笑而去。张良呆视良久，只见那老翁走出里许之地，又返回桥上，对张良赞叹道：“孺子可教矣。”并约张良五日后的凌晨再到桥头相会。张良不知何意，但还是恭敬地跪地应诺。

第五天一大早，张良就来到桥头，只见老翁已经先在桥头等候。他见到张良，很生气地责备张良："同老年人约会还迟到，这像话吗？"说完他就起身走了。走出几步，又回头对张良说："过五天早上再会吧。"

张良有些懊悔，可也只有等五天后再来。

又到第五天，天刚蒙蒙亮，张良就来到了桥上，可没料到，老人又先他而到。看见张良，老翁这回声色俱厉地责骂："为什么又迟到呢？实在是太不像话了！"说完，十分生气地一甩手就走了。临了依然丢下一句话，"还是再过五天，你早早就来吧。"

张良惭愧不已。又过了五天，张良刚刚躺下睡了一会儿，还不到半夜，就摸黑赶到桥头，他不能再让老翁生气了。过了一会儿，老翁来了，见张良早已在桥头等候，他喜出望外地说："年轻人，就应该这样啊！"然后，老翁从怀中掏出一本书来，交给张良说："读了这部书，就可以帮助君王治国平天下了。"说完，老翁飘然而去，还没等张良缓过神来，老翁已没了踪影。

等到天亮，张良打开手中的书，惊奇地发现自己得到的是《太公兵法》，这可是早已失传的极其珍贵的书呀，张良惊诧不已。

此后，张良捧着《太公兵法》日夜攻读，勤奋钻研，后来真的成了大军事家，做了刘邦的得力助手，为西汉王朝的建立立下了卓著功勋，名扬天下。

人是有理性、有智慧、有思想、有定力的，不能像青蛙，一动便跳，一跳便叫。一个人不能忍，遇事就怒发冲冠，是不行的。

人要想干一点事儿，就不要被小人伎俩羁绊，要意志坚强，应尽量避免介入世俗的冲突。一旦介入冲突，我们就可能矮下去，一点点地变小。

我们不要苍蝇和蚊子的翅膀，我们要雄鹰的翅膀，我们要飞高一些，避开世俗的东西，到长空去搏击。

几年前，曾经有人跟我说，某某骂你，怎么不回应呢？我说，天下同名同姓的人多了去了，谁知道他骂谁呢！

爱骂让他骂去，日子久了，觉得没趣了，自然就不骂了。

《道德经》中说："飘风不终朝，骤雨不终日。孰为此者？天地。天地尚不能久，而况于人乎？"

佛言："恶人害贤者，犹仰天而唾，唾不至天，还从己堕；逆风扬尘，尘不至彼，还坌己身。贤不可毁，祸必灭己。"

事实上，任何恶念的产生与实施，其承受的绝非是其所向之人，而最终还要施于自己，由己承受。这正如一个人向天吐唾沫，唾沫决不会污染天，而一定还要坠至吐者身上，也正像一个人向着风来的方向撒尘沙，尘沙也决不会击退大风，而一定要被风吹向自己一样。所以，有一句俗语说得好：害人害己，害不了别人害自己。古今中外许多事实，无不证明了这一真理。如秦桧害岳飞，留下千古骂名，却成就了岳飞一代忠臣的美名。庞涓害孙膑，终却害了自己。

台湾著名诗人余光中，一次接受访谈节目主持人曹可凡的采访。曹可凡问他为何面对李敖的攻击却从不反击，余光中笑答："他李敖一直骂我，我则保持沉默，这说明，他的生活不能没有我，而我的生活可以没有他。"

余光中笑对李敖攻击，"我的生活可以没有他"，更能展现风采，突出智慧，彰显机智与魄力。忍，只一字，是办好一切事的窍门。

忍是一个人成大事的前提，忍是一种以退为进、积聚力量的战术，忍是一种刀锋藏在刀鞘里的智慧。一个人要走出逆境，必须要有坚韧的品格和宽广的心胸做支撑。

张良能忍辱负重，忍常人所不能忍之屈辱，所以才能成就一番大事业，才能成就日后的运筹帷幄，决胜于千里之外。这也告诉我们，屈辱化作动力，力量是何等惊人。忍辱负重方能百炼成钢，忍辱负重才能成事，忍辱负重才能笑到最后。

别把手段当成目的

《庄子·外物》中有："荃者所以在鱼，得鱼而忘荃；蹄者所以在兔，得兔而忘蹄；言者所以在意，得意而忘言。"意思是说：竹笼是用来捕鱼的，捕到鱼后就忘掉竹笼；兔网是用来捕兔的，捕到兔子后就忘掉了兔网；言语是用来表达思想的，领会了意思就忘掉了言语。今人多用"得鱼忘荃，得兔忘蹄"来形容过河拆桥。在俗世意义看来，过河拆桥，是一种忘恩负义的行为，为人所不齿。而这里我说的是某些人，终生站在赚钱的桥梁上，忘记了前往彼岸。

赚钱只是一种谋生的手段，不是生活的最终目的。人为了活命才求财，许多人颠倒了，为了保住自己一些钱财，不惜和歹徒以命相拼。钱是被人拿来利用的，利用它换取自己必需的生活用品。钱是一种工具，是一种手段，许多人却迷失在手段的歧路上。

佛教经典《高僧传》中："若忘荃取鱼，始可与言道矣。"意思是说，什么时候人做到了专注思想主旨，不滞于文字，什么时候才好和他讨论问题。

事实上，识字只是了解思想主旨的手段，不是目的。现实生活中，每个人都要学习为人处世，势必要面对各种规则，但只要理解这些规则的制定意图，参照它们的精神待人接物，没有必要事事墨守成规。还有，搞清生活的目的，不要迷失在各种手段的杂草里，而要回到生命的根本上来。

在现实中如何才能达到自己想要的生活，并身体力行，坚定地向自己的目标前行，这仍然是个手段式的生活。为了实现这个目标，苦苦奋斗，达到目标后，获得短暂的喜悦，继而又会有新的更大的目标。所有的目标，只是生活的自然过程，不是等待，不是煎熬，不是奋斗的痛苦，在每一个当下就要享受生命的喜悦，无须等待，无须煎熬，在每一个当下享受生命，这才是完整的人生，真色的人生。

赚钱是为了吃饭、穿衣，有一套房子、有一辆车。赚钱是一种手段，不是目的。

我们的目标是从甲地到乙地，而从甲地到乙地要过一座桥才能到达，钱就是那座桥。现实生活中，人们常会停留在桥上，站在桥梁上，数每个月自己赚的钱，希望下个月赚更多的钱，却忘记了自己要去彼岸。

金钱本来就是工具，是被人拿来利用和消费的。但现实中赚钱却变成了目的，完全颠倒了，我们真正的目的是要成为一个什么样的人。如今钱却成了我们的上帝，我们成了赚钱的机器，成了金钱的奴隶，忘记了初衷，忘记了本心。

科学家做了个实验，把花生放到瓶子里，猴子看见花生，会一直看着花生，目不转睛。这不正是我们大部分人的形象吗？为眼前的“花生”奔波、辛劳，整个生命都想得到这个“花生”。等得到了这颗“花生”后，又会去争取另一颗“花生”，一生都在为争取这些大大小小的“花生”奔波辛劳，全然忘记了生命的真正意义。

生命在“花生”面前萎缩了。

好多人不知道自己想去什么方向，大家买股票他也买股票，大家投资房产他也投资房产，大家移民他也移民。人云亦云，别人干啥自己就干啥，丢失自己。

人应该听从灵魂的召唤、心的召唤，脚踏实地，坚定地朝自己想要去的那个方向前进，别把手段当成目的。

恩生于害，害生于恩

——读《阴符经》有感

《阴符经》，是与《老子》《庄子》齐名的道家经典著作。全篇仅有四百余字，言深旨远。

《阴符经》开头第一句："观天之道，执天之行，尽矣。"意思是，观察天体的运行规律，掌握其规律并按其规律去做，则天地阴阳动静之道就全包括在内了。

修道所追求的就是"天人合一"的境界，"天人合一"的程度越深，修炼的层次也就越高。故此明白了"天人合一"，也就等于明白了修道。这句话点明了全经主题，是全篇总纲。

《阴符经》中有："生者死之根，死者生之根。恩生于害，害生于恩。"意思是，万物有生必有死，则生乃死之根源；有死必有生，则死又是生的根源。人间社会也是如此，无害则无恩，因有害而有了恩；若知恩不报，则害又生于恩。

恩生于害，害生于恩。细细品味这八个字，大有深意。

《孟子·告子下》中有，"天将降大任于是人也，必先苦其心志，劳其筋骨，饿其体肤，空乏其心，行拂乱其所为"。要逼得你没有活路，这是天之害你；但这种害，却能使你“困于心，衡于虑，而后作；征于色，发于声，而后喻”，使你“动心忍性，曾益其所不能”，这又是天之恩你。在佛教中，这叫逆增上缘。

逆增上缘，碰到逆境时，应心生感激，可遇不可求啊！人生顺境少，逆境多。困境中要放宽心，静得住，忍得住，乐于精进；只要有信心，就可以克服困难，走出困境，迈向更高更远的前方。

恩与害，没有泾渭！故曰“恩生于害”。

譬如男欢女爱，情浓似酒，魂牵梦绕，牵肠挂肚，便似天底下没有大过真情的了，这是真情真爱；但世事无常，情缘易散，当爱已成云烟，爱之深便痛之切。即过去有多少爱，现在就有多少痛。当初种下什么因，后来就会结什么果。因果报应，真实不虚。

当一方无法承受撕心裂肺之痛时，就需要一个理由来解释消逝的爱，需要一种情绪来缓解彻骨的痛，恨便是最佳的选择。故曰“害生于恩”。

譬如知遇之恩、提携之恩，都要牢记古训：“受人滴水之恩，理当涌泉相报。”否则，就会落下忘恩负义、过河拆桥的名声。甲对乙有提携之恩，乙无论是有意还是无心，没有及时回报，甲就会心生怨恨，久而久之，反目成仇，严重者就会伺机报复。这样一来，恩就成害了。譬如丙帮丁调动了工作，从此，丙便把丁当奴才用，召之即来挥之即去，日子久了，丁心生厌恶，想摆脱丙，两人分道扬镳，这便是害生于恩了。

光阴荏苒，人生苦短，生命就在一呼一吸之间，容不得许多的恩怨情仇。

什么是恩？什么是害？恩便是害，害便是恩；恩生于害，害生于恩。相互转换，相辅相成，互为依赖。

雪却输梅一段香

——写于2018年第一场雪天

今天下了西安2018年的第一场雪，本来要去楼下吃羊肉泡馍，推开门被一阵风雪挡住了；本来下午要去美协开茶话会，被年终总结给挡住了。人，其实每时每刻都在选择。喜欢清静，偏安一隅是选择；喜欢热闹，频繁应酬是选择；出家为僧，青灯黄卷是选择；出入风月场，混迹红尘是选择……

因为选择写总结，不去开茶话会，便不用出门吹风受冻，中午还美美地睡了一觉，睡醒后，沏一杯上好的铁观音，坐在电脑前敲下这些文字，好不惬意！这是我选择的结果。别人的选择是去参加茶话会，多了一次认识人的机会。当然，也很可能多了一次工作上的机会。整天忙于应酬，也许能得到一些好处，但却荒废了专业，失去了自我，输掉了一颗安静的心。

随着年纪的增长，有了些阅历后，越来越明白：什么人吃什么饭，如同大树之根，盘根错节，各取其道，各取其生。车走车道，马走马道，蛇有蛇道。人，生来能吃什么饭，是有定数的。别人能吃的饭，你未必能吃，别人能做的事，你未必做得来。所以，干好自己的活，吃好自己的饭，有本事吃好一些，没本事吃坏一些。饮食最低的目的是果腹，最高的目的是满足口福，而在果腹和口福之间，其相距何止百千万里。可我们的味觉，由入口到喉咙，只有十数厘米，过了喉咙，就什么都感觉不出来了。所以，无论是粗茶淡饭还是山珍海味，一旦过了喉咙，都是一样的。

天下熙熙皆为利来，天下攘攘皆为利往。俗语有“无利不起早”，“天下没有不要钱的晚餐”。明白，就好；看淡，便好；放下，便是智慧。人生，就是拿得起和放得下的学问。

我知道我在做什么，应该做什么。有舍才有得，权衡利弊，分清轻重缓急，做出选择。

心，要像婴儿一样混沌天真，像雪一样纯洁无瑕、一尘不染。

梅须逊雪三分白，雪却输梅一段香。

人要有敬畏感

“敬畏”一词在《现代汉语词典》里的解释是“又敬重又畏惧”。由此看来，它在某种意义上就是我们的人生底线。如果人生没有这么一条底线，真的无法想象这个世界将会呈现出一种什么状态。

现在的人类，缺乏敬畏感，似乎没有不敢干的事情，不敢吃的东西。但我始终认为，人生是需要敬畏感的。敬畏，不是害怕，不是畏惧，而是应该发自内心的尊重。比如说对自然的敬畏，对生命的敬畏，对权力的敬畏，对婚姻的敬畏，对时间的敬畏，对法律的敬畏，对文化（文字）的敬畏，对责任的敬畏，等等。

敬畏大自然。对大自然要敬畏，热爱大自然，保护大自然。要和大自然和谐相处，平等对待大自然中的各种动物和植物，做到天人合一、和谐相处。

敬畏生命。身体发肤，受之父母，不敢毁伤，孝之始也。要爱惜身体，珍爱生命。人的生命有自然属性和社会属性。每个生命都是这个世上独一无二的个体，无论身份地位是高是低，都需要敬重和爱惜。

敬畏工作。工作（职业）是一个人在这个世界上安身立命的保障。一个人只有对自己的工作心存敬畏，才能把工作干好，也才能在工作中获得快乐。

敬畏规则。人常说，没有规矩不成方圆。规则是人人都需要遵守的东西。只有对规则心存敬畏，社会才会有秩序。

过马路要遵守交通规则。试想一下，如果大家都不遵守交通规则，都乱开车，乱停车，乱穿马路，那我们的社会将会成什么样子。一个公司，规定早上八点上班、下午六点下班，如果有人每天迟到早退，那么公司还怎么运营，所以就必须有公司制度来规范，你不遵守公司制度就会受到处罚甚至会被辞退。

个人办事也要讲原则，讲分寸，违法乱纪的事情不能干，伤风败俗的事情不能做，不但不能做，遇见了还要制止。

敬畏时间。你赢得了时间，就会赢得一切。你把时间花在什么地方，你就会在什么地方获得回报。聪明的人懂得如何利用时间，愚钝的人只会抱怨时间的短暂。

敬畏信用。人无信不立。古时，有"徙木立信"的典故。"徙木立信"说的是商鞅在实施变法前为了取得人们的信任，就在城门处说只要有人能将木杆搬到指定位置就能得到五十金，最后有人照办，商鞅就兑现诺言的故事。

信用是人的立身之本。人，没有钱可以去赚，没有工作可以去找，但是没有了信用，将永无翻身之日。

答应别人的事情要完成，要言而有信。借别人的财物要按时归还。不论是金钱还是其他东西，别人借给你说明信任你，如果还不了就会减少别人对你的信任，你在别人心目中的形象也将会打折扣。人生最大的财富是信用的储蓄，人生最大的损失是信用的破产。

敬畏权力。权力是需要敬畏的。许多贪官落马，因为他们对权力没有敬畏之心，把手中的权力当成了自己谋取私利的工具，为所欲为，最终走上了犯罪的道路。

敬畏感情。对友情、爱情，亲情，我们都应该敬畏。

敬畏文化。中国有几千年丰富多彩的历史文化，比如龙文化、玉文化、饮食文化……我们对文化要有敬畏感，不能随意恶搞。

总之，人要有敬畏感，敬畏天，敬畏地，敬畏人，敬畏宇宙中的万物，敬畏大自然，敬畏生命……敬畏，就是要遵循自然规律而行，要知道适可而止。《礼记 · 大学》中有："大学之道……在止于至善。"做人做事要有底线。什么事该做，是自己的本分；什么事不该做，是非分。

当下，人类欲望空前膨胀，过度开发掠夺、破坏大自然，破坏生态平衡；人类为了满足口福，无情残害动物，你施予大自然什么，大自然就会还你什么。

加缪在《鼠疫》中说："人世间的罪恶几乎总是由愚昧无知造成。"

血的教训，铭记在心。学会敬畏，警钟长鸣。

幸福其实离你很近

——有感于大雪天不用出门

连日来，西安普降大雪，我站在窗口，看着大街上穿梭的车辆和行色匆匆的人影。已经是华灯初上了，霓虹灯闪烁，灯光将水泥公路照得闪闪发亮，泛着幽幽的青光。可能是结冰的缘故，抑或是下雪路滑的缘故，抑或是周日的缘故，比起往日，车辆和行人明显少了许多。我猜想，如果不是有重要事情或者迫于生计，这些人也许不会在假日在大雪天出门，这样一想便觉得自己是幸福的人了，至少在大雪天不用出门。可能是自己对幸福要求不高，活得简单，容易满足。我觉得幸福其实离你很近，关键是你能否感受到，有没有感知幸福的能力。

我们其实并不缺少幸福，而是缺少感知幸福的能力。真正的幸福，不单纯依赖外界因素，更多的是来自内心的丰盈和知足。幸福和快乐一样，也是一种选择，取决于一颗简单朴素的心。

幸福是什么？不同的人有不同的理解和答案。

幸福就是父母健在，孩子听话上进；幸福就是一家人和和美美；幸福就是干自己擅长并喜欢的工作。

随着年龄的增长，这几年除了看病，用钱的地方不是很多。吃，一日三餐，多半吃素；穿，也不讲究名牌，穿着舒服合体，适合自己的年龄和身份就行。应酬越来越少，越来越喜欢独处，享受一个人的自由和独美。

像这样的大雪天，坐在暖气旁，关闭手机，泡一杯上好的茶，摊开一本好书，看到极妙处合上书，露出会心的微笑，或掩卷长叹。有时书看累了，点一支女式香烟，懒懒地斜靠在沙发上，看着空中烟雾缭绕，恍惚进入瑶池仙境，好不惬意！难怪人说：有书真富贵，无事小神仙。这些感受，妙不可言！不读书的人，是永远体会不到的。

周末漫谈

可能是职业的习惯，作家习惯了用笔说话，习惯于和自己对话，口头表达能力便有所退化。就拿我来说吧，日常生活中，我口拙嘴笨，本来自己占理的事，懒得去解释，省点力气，闭目养神，抑或将精力用到晚上写作。尤其是对一些胡搅蛮缠的人，我更懒得争辩，不是不屑，不是蔑视，而是无视。要坚信：清者自清，浊者自浊，乌云遮不住太阳。

“峣峣者易折，皎皎者易污。”一般追求完美的人比较脆弱，比较容易受到伤害。告诉自己，既然选择了追求完美，就得承受常人所不能承受的压力。

诸如遭人嫉妒，被躲在暗处的人算计了，被人泼了脏水了，最好的办法是不理，以清者自清的姿态，昂首阔步，奋然前行，一如下面寒山与拾得对话中的人生哲理。

寒山问拾得：“世间有人谤我、欺我、辱我、笑我、轻我、贱我、恶我、骗我，如何处治乎？”

拾得回答：“只是忍他、让他、由他、避他、耐他、敬他、不要理他，再待几年你且看他。”

人要干大事，就不要被小人伎俩羁绊；要意志坚强，应尽量避免介入世俗的冲突，避免使自己成为小人。一旦介入冲突，我们就可能会矮下去，一点点变小。

我们不要苍蝇和蚊子的翅膀，我们要雄鹰的翅膀，我们要飞得高一些，避开世俗的东西，到长空去搏击。

人一生要感激三种人：一是父母，二是朋友，三是对手。父母给了你生命，对你有养育之恩；朋友帮助你，鼓励你；对手激励你，鞭策你。所以不要恨你的对手，他可以督促你从平庸无能变得出类拔萃。

作家一般是和孤独结伴的。作家要能耐得住寂寞，要能坐得住冷板凳。

作家的孤独不是常人意义上的孤独，是那种身在闹市，甚至周围的人乌泱泱的，都能把你绊倒，却没有人读懂你的那种孤独。

好在作家有书做伴。

近来，我枕边时常放着梭罗的《瓦尔登湖》，夜深人静，万籁无声之时，翻阅此书，能读出白天读不出的味道，语语惊人，字字闪光，意义深远。

这是一本恬静、智慧的书，尤其适合晚上阅读，它和晚上的“静”相得益彰。

人到中年，常常处于按下葫芦瓢又起的窘境，时间和精力都有限。生命的资源本身就有限，还是抓紧时间干自己喜欢的事情，爱值得自己爱的人。

人到中年，文章越来越短，话越来越少。

日常生活中要多干事，少说话，结交知心的朋友。益友，可以影响和改变你的一生。

谈观念

观念是一个汉语词语，是指客观事物在人脑里留下的概括的形象。

人和人的争斗，一半是来自名利，一半是来自观念，而且主要来自观念。

人的观念一旦形成，会根深蒂固，别人轻易动摇不了；还会自我感觉良好，总认为自己的想法是正确的，别人的有问题。每个人的观念都有缺陷，个人受社会和家庭的影响，其观念都有局限性。比如对待同一件事情，由于各人观念不同，看法会不尽相同，处理问题的结果也不尽相同。

世俗生活中，人与人之间的关系受观念支配。紧张的人际关系阻碍我们的发展，在你周围形成一种很不好的气场，影响你的心情和身体健康；和谐的人际关系，推动你的事业发展，在你周围形成一种很好的气场，有助于你的身心健康。

生活中，同样一件事，在不同人的眼里，会有不同的看法、态度和处理办法，这主要是受观念的支配。观念不是我们与生俱来的，是通过社会和家庭赋予我们的。比如对待婚姻、爱情的观点，不同的国家，不同的社会，不同的家庭都是不同的。以中国为例，传统家庭和现代家庭教育出来的孩子，受观念支配，对爱情和婚姻会有截然不同的态度。传统家庭出来的孩子对婚姻、爱情相对是保守的、专一的、负责任的，现代家庭出来的孩子对婚姻、爱情相对是开放的。

前些年，我去澳洲旅游，中午十一点前后，街道上时不时会看到三三两两的年轻人在跑步，而且几乎都是年轻人，觉得很稀奇。因为国人一般是早晚锻炼，而且是年龄大的人居多。便问导游缘由，导游说：澳洲人，尤其是年轻人，在病没有得到身上之前，注重保健，防患于未然。这就是他们的观念。

现实生活中，我们不断努力愉悦我们的身体，身体引起的感觉不断主宰着我们，比如身体冷了，要穿衣，身体饿了，要吃饭，等等；还有各种意念看法，指引我们生活的方向。因此，每个人的一生都活在身体和观念铸造的牢房里。但身体只是一个身体，是一个不断衰老直到死亡的形体。因此，为了满足身体的需要所做的努力，得有一个适当的度。如果生活的所有，全然都是为了让身体享受愉悦，那么我们就是身体的奴隶。

观念决定命运。

观念支配行动。

谈梦

“梦是潜意识的泄露”意思是，梦是你恐惧和希望的显现。

恐惧是怕失去，希望是想得到。

生活在这个世界，整日为柴米油盐酱醋茶而奔波劳累，随着年龄的增长，已经看透看淡了职场上的名利纷争，正如《红楼梦》所言：“乱烘烘，你方唱罢我登场，反认他乡是故乡。甚荒唐，到头来都是为他人作嫁衣裳。”

在佛家看来，梦，大抵有四层意思：一是俗世人们常说的日有所思，夜有所梦；二是病魔缠身，身体弱、压力大；三是预兆吉凶；四是梦中的人和事是你从神识里带来的。

想必大家也都做过类似的梦，梦中会遇到一些奇奇怪怪的人和莫名其妙的事儿，有你认识的和不认识的人，还有一些张冠李戴的事儿，这些人和事与你整夜纠缠不清，让你很累。据佛家讲，这就是前世和你打过交道的人和事，是从你神识里带来的。

“世事一场大梦，人生几度秋凉。夜来风叶已鸣廊。看取眉头鬓上。酒贱常愁客少，月明多被云妨。中秋谁与共孤光。把盏凄然北望。”一直喜欢苏轼这首《西江月 · 世事一场大梦》，每次读后都有不同的感受，随着阅历和年龄的增长，感悟愈发深刻。

明末清初文学家张岱在《陶庵梦忆》中说："鸡鸣枕上，夜气方回，因想余生平，繁华靡丽，过眼皆空，五十年来，总成一梦。"

人，走过万物复苏的春季，蓬勃茂盛的夏季，万木凋零的秋季后，进入冬季，梦会越来越少。也许是看透了一切，看淡了一切，不再执着了。不是说人生如梦吗，每天都活在梦里，做梦就也见怪不怪了。不过，话说回来，人活着如果连梦都不做了，还有什么劲。有梦总是好事。

《金刚经》中有："一切有为法，如梦幻泡影，如露亦如电，应作如是观。"让我们内外不住，去来自由，活在当下，享受每一个当下。

谈微信

时下，微信为人们的生活提供了许多便利，成为人们生活中不可或缺的一部分。

诸如在线聊天、实时转账、位置共享……微信还让可恶的小偷下岗……

当你绑定银行卡后，出门就不用带现金了，大有一部手机在身，即可走遍天下的态势。

微信的便捷体现在以下几方面：第一，微信方便了人们的沟通，缩短了人与人之间的距离。第二，微信作为公共媒体，有大量的信息，方便人们查阅政治、科学、历史……包罗万象，无所不有。第三，通过微信的交易平台，用户可以实现消费的电子化，快速便捷，节省了不少时间和体力。

微信也有不好的地方，一是在大量信息的充斥下，信息的质量很难得到保证，导致一些不良信息传播。“微商”刷屏但存在货品质量不高等问题，以及快餐式的信息获取方式加重碎片化阅读，给人们的文化生活带来了不良冲击。二是太浪费时间，大量时间用于看朋友圈了。三是容易暴露行踪和泄露隐私。人们没了隐私，都变成了透明人。四是噪音骚扰。由于群太多，手机一天到晚“嘀嘀嘀”响个不停。五是炫富浮夸现象严重，浮夸虚假的信息多，客观真实的信息少。有人在微信上炫富晒名牌，有人晒幸福秀恩爱，也有人晒娃晒爸妈，总之晒什么的都有！微信上人们多半是晒自己光鲜靓丽的一面、幸福快乐的一面，很少有人晒自己不堪不幸的一面。

这年头，干什么事，都讲个成本。就说微信这东西，玩起来决不能恋战，时间成本太高，有些玩不起！首先是时间成本太高。那么多群，每天光浏览一遍，少则几十分钟，多则几个小时。其次，是感情成本。在群里说话，可能一不小心，就得罪人。正所谓说者无心，听者有意。虽说没有碰面，但看到微信，如见其人，尤其是女人之间，或攀比或羡慕或嫉妒，徒增烦恼。第三，是身体成本。长时间看微信伤眼睛、伤颈椎、伤腰部……坦率地说，每每坐在公交车或地铁上，瞧见男女老少，全都加入了“低头族”的队伍，几乎无一例外，心里很不是滋味。曾经，车上也经常看到这样的“低头族”，那是 20 世纪 80 年代，令人致敬和怀念！

20 世纪 80 年代是一个全民阅读的时代，十年动荡刚刚落幕，人们的阅读欲望如同井喷一样，当时人们见面时大多数问候是你最近读了什么书。

世间的事都有它的两面性。微信在给人带来便捷的同时，也给人带来烦恼和麻烦。微信是个好东西，关键看你怎么管理和利用它。凡事都有个度呢，过犹不及。

因此，如果想让微信真正地为人们的生活提供便利，需要公众自觉认识到它的利弊，国家也要介入监管，规范管理，让微信真正起到好的作用。

论女人

自从有文字以来，便有各种各样对女人说三道四的文章。高了矮了胖了瘦了黑了白了，放在不同的时代和历史背景中都有道理，稍有观察和思考的人就会发现，这些大都以男人的喜好为标准，比如女人理所应当要美丽，要温柔，要贤良，当然最好还是要体弱一些，要冷淡一些，要欲望少一些。说来说去，都是为了让男人好管理一些。

席勒曾写过一首诗《女人的尊严》，是赞美女性的。他在写此诗时，精心选词、推敲，有独到的比喻之处，颇动人心弦。可是我却认为，要论对女人确切而又恰当的赞美，当论焦易的这几句——“若无女人，我们的降世将不堪设想、中年将失去欢乐、暮年将没有慰藉”。拜伦在他的剧作《萨那培拉斯》中，有几句表白亦感人肺腑：“人类的生命在女人胸腔里孕育，从她的柔唇上你咿呀学语，她拭去你最初的泪滴，当生命摆脱羁绊，当弥留尘世之际，往往也是在女人面前，你倾吐出临终的叹息。”

以上对女人的这些评价都是公正的。

而《佛说父母恩重难报经》中说女人：“世间女人，短于智力，易溺于情。”

还有人说："女人是一个国家的风向标，当女人追求知识时，这个国家是进步的；当女人崇尚自由时，这个国家是文明的；当女人崇拜金钱时，这个国家是腐化的；当女人攀附权贵时，这个国家是堕落的。"

以上的说法，各抒己见，褒贬不一。

我认为女人不应该将自己置于弱者和从属的地位，更不该千方百计什么事都为了取悦和讨好男人。女人就应该和男人一样，既能上得了厅堂也能下得了厨房，要有独立的人格、思想、经济，有融进血液里的骨气和刻进生命里的坚强。女人要知道，美在自然，美在自信，美在内涵。

天生的美貌对女人来说非常重要。所以时下才有许多女人不惜花重金去整容、丰胸、去脂……打造一个全新的自己，去得到她想要的。

诚然女人天生的美貌会受到无尽的欣赏，得到至高无上的赞美，可我们往往发现不少女性，她姿容平平甚至会有些许娇憨，但她依然是美的。她是形象清晰而有吸引力的，能从众多女人中凸显出来。

她从不尖锐激烈，也不虚张声势、矫揉造作，更不会有半点吹嘘与张扬，因为她和别人都知道，她不需要这些。她从不愿给交往的人带来一丝麻烦，也从不将自己的意志强加于人。她是风，却不会吹乱你的头发；她是雨，却不会让你措手不及；她是阳光，却不会让你感到炽热。你最终会发现，她只是一缕清新的空气，让你感到美好而宁静，她无处不在却从不会打扰你。

她总是从容淡定的，她可以是光华照人的主角，在舞台上尽显风采，妖娆迷人，也甘愿做真诚的观众，在台下认真看别人表演，真心为人家喝彩。她知道取舍，她骨子里永远自强，知道什么是生命中最本真的东西，她可以锲而不舍地追求进取，毫不放松奋斗的脚步，她也会大度地放手、舍弃，将很多人羡慕的东西轻松丢弃。因为她知道，怎样才是真女人，怎样才能轻松度过一生。

女人有各式各样的，这里不一一罗列。

最后，我想以我的一首诗《哦，女人》描绘自己心中的女人。

女人
您的名字叫地母
您是农耕民族原始宗教的女神

您是万物之母，主宰阴阳生育
保佑风调雨顺，润泽大地
您厚德载物，海纳百川

女人
您的名字叫活佛
古语云："堂上二老是活佛，何必灵山朝世尊。"
您是善良慈悲宽容的化身
要不连观音都现相女人

女人

您的名字不叫花瓶，更不叫金丝雀

您不是装饰不是摆设

您应该是

一个像美人鱼一样在湖里悠游的女人

一个舒展着天使翅膀悄然落窗的女人

一个浑身诗兴、宿星眠月的女人

一个像月一样轻移莲步的女人

一个像露水一样赤裸晶莹的女人

一个挂念着给梦境里放光的女人

一个能照亮别人灵魂的女人

一个像蒙娜丽莎一样的女人

……

你若安好，便是晴天

西安从昨天开始变天了，记得祖父在世时，常说：天黄有雨，人黄有病。听天气预报说，有小雪，但老天似乎极不情愿下似的，只是阴沉着脸。

多年来，行政事务缠身，只有春节是我写作和读书的最佳时期。春节家里有人做饭，即便是亲戚来了，打声招呼，仍然可以偏安一隅，闹中取静，读书写作。自从父亲驾鹤西去后，春节我一直陪母亲过。很庆幸生在这样的家庭，我的父母都是教师，家里虽不富裕，但从不缺精神食粮，到处是书，随手拿一本，都是中外名著。这几年养成早读的习惯，只读经典。多年来，我都是靠这些文字来消解疲乏，忘记疼痛和烦恼的。

想必每个人心中都有一道暗伤，这个伤口不对人显露，而自己也不敢轻易碰触，总希望将它掩藏在最深的角落，让岁月的青苔覆盖，不见阳光，不见雨露。以为这样，伤口有一天就会淡去，也许真的如此。时间是世上最好的良药，它可以治愈你的伤口，让曾经刻骨铭心的一些东西变得模糊不清。

忘记最好的办法是让自己忙碌，忙到自己没有时间去回忆过往，但如此不是长久之计，一旦闲散下来，那些无边的思绪会如潮水般涌出，泛滥成灾的记忆会伤得人措手不及……

只有放下执念，才可安然自在。人生就是一场修行，每个人来到世上，都是匆匆过客，有些人彼此邂逅，转身忘记；有些人彼此擦肩，必然回首，所有的相遇和回眸都是缘分。人的一生，一路行来，我们还是与许多缘分擦肩，所拥有的也渐次失去。并非不懂珍惜，有些缘分注定了长短。来时如露，去时如电，挽不住的终究是刹那芳华。有了一些阅历后，发觉缘分这东西，来不得半点勉强。潮起潮落，缘分的生灭涨落，瞬息万变，这一刻都不知下一刻会发生什么。世事难料，难遂人愿，还是看淡一切，顺其自然得好！

缘浅则散，缘深则聚，随缘便是福！

生活中懂你的人，不必解释，一个眼神，一抹微笑，举手投足，都会明白；不懂你的人，纵然你……也是对牛弹琴，正所谓井蛙不可言海，夏虫不可语冰，曲士不可言道。

新的一年，修养品格，修炼心性，打算从“净口”开始。所谓的“净口”是指使口净化，一方面，“病从口入”，饮食要讲究卫生，否则，有害身体健康；另一方面，“祸从口出”，所以有“言多必失”“出口伤人”的俗语，语出不当，往往会造成误会，伤己伤人，伤害彼此感情和身心健康，所以要三缄其口，慎言慎行！

低调做人，高调做事。心无旁骛，潜心写作。偶尔画画国画，也是调剂一下生活，不至于太单调乏味；分清主次，不可本末倒置！

继续修身、静心，应无所住而生其心。

在你前行的路上，难免有人给你挖下陷阱，难免有人诽谤你、嫉妒你，感谢他吧！有多深的陷阱，就有多高的山峰！有多少诽谤和嫉妒，就有多少激励和动力。

苦难堆积高了，终将成为你前行路上的垫脚石；潜伏在深水区，默默前行，心胸如大海，方可养巨鲸。

第四章

水墨书香

澄怀观道，诗意生活

长安是我的祖辈栖居之地。对这块生我养我的土地，我内心始终怀着深深的眷恋。近年来，我在长安定点深入生活，经常去终南山里采风、写生，再一次深深地爱上了它。

长安的一山一水，一草一木，一石一树，都深深地吸引着我。在我眼里，它们都是活生生的生命体，我能触摸到它们的气息，感受到它们的存在。而我与它们有着生生世世的缘分，仿佛我已寻觅了它们千年，它们也等了我千年，我们才完成了从相遇、相识到相知的漫漫征途。每当与终南山神交时，总感觉我们是相看两不厌：我看青山多妩媚，料青山看我亦如是。

我曾无数次站在秦岭深处与大自然对视，看云卷云舒，观风起风落，听鸟啾蝉鸣……此间快乐，何其美妙，却无法与人言说！每次走进翠华山，我总在想，我走过哪一段，遇到过哪一沟、哪一溪是李白、杜甫、王昌龄等文人墨客、先贤雅士曾经走过的？当我走进秦岭深处，看到山谷、沟壑、丛林，看着那石头缝里悄悄流淌的小溪，不由得想，它们有怎样的前世今生？藏着多少不为人知的秘密？常常看着看着，眼睛就有些模糊，我深深地感受到，它们是那样遥远，又是那么地亲近！眼前这巍峨高耸的终南山，何其神秘，何其伟岸，何其博大，仿佛自己心仪已久的英俊男子，不由得让人深深地敬畏和爱恋，产生了探究他、亲近他、了解他、爱他的强烈欲望，于是拿起笔写他画他。每当此时，我的思绪疯长，穿越历史，穿越时空，常常情不自禁，深感书不能及。

有媒体朋友曾问我，你早期是画工笔花鸟的，后来为什么改画山水了？我想根本原因是我有一种大山情结。自幼生长在长安太乙的我，举目看到的就是巍峨高大的秦岭，日日与山为伴。小时候我经常跟随祖父上山挖野菜采草药，和小伙伴一起爬山采摘五味子、酸枣和各种叫不上名的野花，晚上跑几里路去太乙镇观看不知名的电影，等等，太多太多儿时的记忆，使我对终南长安魂牵梦萦。

而我之所以深深地爱上画山水，还有几个原因：一是被山水画的雄浑大气感染，想必画久了，自己也会变得胸襟开阔、胸怀大度；二是久画山水能使心越来越静，淡泊名利，尽情陶醉在艺术世界里，韵若幽兰；三是画成一张山水画，便会心旷神怡，豁然开朗，仿佛真的去山里转了一圈似的；四是山水画追求正大光明，寄情山水，会让你的心越来越干净亮堂，充满正能量。我在长安定点深入生活期间，跑遍了长安的村镇、峪口，再度唤醒了我的无限情思，常常心中激流翻涌，生出急切作画的冲动，慨叹笔不能及。

有人说，艺术使人变得富足，这富足主要是指精神层面的。多年来，每逢寒冬腊月，我每每以画画练字取暖。尤其在大雪纷飞的日子，我一拿起毛笔，就有一种温暖如春的感觉，乐在其中，不知疲倦。炎炎夏日，从外面回到家中，家人通常是先开空调，而我是拿起毛笔画画练字，仿佛进入一个清凉世界，很快燥热就降了下来。有时候正画画染色，朋友叫外出，不好驳人面子，只能恋恋不舍地离开，可心中时刻念着画作，活动结束后，赶回家第一件事就是急忙跑到画墙前看看染色晾干后的效果……这种全身心浸淫其中的感受，是何等的美妙，何等的浪漫，个中滋味，只怕外人难以体会，唯一些同道或可同感。

关于学画山水画，我有一些心得体会：

其一，我认为学画是一种心灵的修炼。要有恭敬心，即用心程度要深。佛法上讲："欲得佛法实益，需向恭敬中求。有一分恭敬，则消一分罪业，增一分福慧。有十分恭敬，则消十分罪业，增十分福慧。"学画也同此理。所以，每拿起毛笔，我都诚惶诚恐，如临大敌，如履薄冰。每每在案前铺开一张宣纸，拿起笔，仿佛走进寺院，四大天王都开始护法了，我要尽可能做到不枉下一笔。所以，当看到一些笔会上某些人大笔一挥，半个小时甚至更短时间就完成一幅画作，我实在不敢恭维。李可染说，潦草是最大的错误，"唯潦草不能恕也"；要专心，学贵于专。干任何事情，都要专心。不夸张地说，近几年，我行住坐卧都不离画画，常常梦中都在作画。

其二，画画是一种畅神的过程，也是近道体道的过程，所谓"志于道，据于德，依于仁，游于艺"。六朝山水画家宗炳一生"栖丘饮壑"，好山水，爱远游，归来将所见景物绘于壁上，卧以游之，谓澄怀观道。澄怀观道，本是禅的境界——拈花微笑里领悟色相中微妙至深的禅境。这一禅境亦十分精妙地呈现了在审美主客体的交融升华中达到的最高审美境界。“澄观一心而腾踔万象”，是中国人的文化心灵所深深领悟的一个审美主题。宗白华在《美学散步》中说：“人类这种最高的精神活动，艺术境界与哲理境界，是诞生于一个最自由最充沛的深心的自我。这充沛的自我，真力弥满，万象在旁，掉臂游行，超脱自在。”澄怀，就是挖掘心灵中美的源泉，实现“最自由最充沛的深心的自我”，胸襟廓然，脱净沉渣，完成那审美的人，提供审美的主体条件。观道，中国哲学是就“生命本身体悟‘道’的节奏。‘道’具象于生活，礼乐制度。‘道’犹表象于‘艺’。灿烂的‘艺’赋予‘道’以形象和生命，‘道’给予‘艺’以深度和灵魂”。中国人对道的体验，是“于空寂处见流行，于流行处见空寂”，唯道集虚，体用不二，这构成了中国人的生命情调和艺术意境的实相。

其三，无论什么艺术，首先追求的都是真善美。我以为大凡艺术品，首先要美，其次才是内涵及其他。中国画之所以为大众喜爱，主要是内在美和外在美的相融并蓄，通过人的精神修为，将内在美转化为外在美，一幅可观、可赏、可居、可游的山水画便跃然纸上。

其四，中国画是让人静下来、慢下来的艺术，追求“淡”和“雅”的意境。现今，环境污染严重，生活压力巨大，人们身心疲惫、浮躁不安，艺术成为救赎心灵的良药。人的生命就在一呼一吸之间，太快了不利于养生，也是艺术的大忌，所以，搞艺术的人在生活中常常慢半拍，慢慢活着，慢慢画着，慢慢写着。

老子说：“道之出口，淡乎其无味，视之不足见，听之不足闻，用之不足既。”意思是说，“道”这个东西，一说出来，淡得几乎就没有味道了，用眼观之不能清楚见到，用耳闻之不能清晰听到，使用的时候却取之不尽用之不竭。这种“淡”是道的体现，并不是无味，而是一种更悠长的“至味”。

一直很喜欢倪瓒的画，简到了极致。简是一种境界，一种态度，一种性情。这种简约美，令人可望而不可及。后人在评价他的作品时，说其清冷凄凉，不食人间烟火，愤世嫉俗，其实不是这么回事。常人习惯了那种“闹”“明”“暖”“实”，而倪瓒已经淡出了许多世俗的理解，他的画通过“静”“幽”“凉”“影”，营造了一个清凉世界，犹如一股清净凉爽的风扑面而来，洗去心中的尘虑、烦躁，使人清静、平和，仿佛一剂清凉散，能够降压降火。

其五，画画要有意境。意境是中国画的生命，也是画家的生命，是修为和学问的综合体现。

从环境到情境到意境，通过笔墨表现出境界的高低。境界是中国画的根本追求。境界的高低，受文化、心性、追求、宗教等因素的影响。人生有多少境界，画面就有多少境界。何加林说：“中国画，它实际上不是一个技术层面的东西，而是一个精神层面的东西。”也就是要求我们在画画的时候，一定要清楚，不是简单地用技术在表现自己。文以载道，意在笔先，托物言志，感悟抒怀。画画主要是追求意境，寄托精神。

针对我自己的创作，若想让画品再上一个新台阶，我想今后还需从以下几方面加强和提升自身修养：

第一，把临摹作为一生的功课。临摹不是复制，关键在于“读”，读画的布局构图、笔的实转、章法、开合疏密等，要体会画家笔下的精神情怀。

第二，要经常外出写生，在生活中寻找源头活水。艺术的生活就是源头活水的生活。今后我要在生活中发现和寻找鲜活的素材，在火热的生活中激发灵感，从而创作出有温度、接地气、散发着泥土芳香的国画艺术作品。

第三，“功夫在诗外”，加强姊妹艺术的修养。学习绘画的同时，要加强文学、哲学、音乐、戏剧、国学、宗教等方面的修养。画画到最后拼的就是综合文化修养。沈宗骞曾说：“画与诗皆士人陶写性情之事，故凡可入诗者，皆可入画。”中国画与诗词在意境上一脉相承，都注重简约，要浓缩、升华，不要 嗦，不需要完全真实地再现自然。还可从戏剧艺术中借鉴，作画如同做戏，了解演绎性和编撰，不能一味写实。目前中国画缺乏诗歌的“简约”及戏剧的“做戏”成分。

第四，在继承传统的基础上，大胆创新。“笔墨当随时代”是清初著名画家石涛的名言。现代性根植于传统之上。艺术是没有古今之分的，这就提出了与时俱进的问题。变是自然的，但万变不离其宗，追求真善美，追求正大光明，追求意境和内涵是不会变的。眼下是个繁荣的时代，我们要一手伸向传统，一手伸向当下，让画面有书卷气、光明气、典雅气，切忌恶俗气、市井气。

若兰如云，潜心创作

——我与“文学陕军”的对话

她是诗人、作家、画家。

她扎根基层，书写厚重的故事与风物。

她挥毫泼墨，描摹丹青造境好山好水。

她不善言辞，出语常金句连连。

中年的她，体悟的人生哲学极少说教给别人，而是养心静心，潜心修为自己。

不是在写作，就是在画画。

她在两个领地深耕，在写作、绘画之间完美地切换着。

她是辛娟老师——

文学陕军：辛娟老师您好，挺心疼您目前的写作状态的，经常是写着写着把自己代入到著作中的世界里了，奋笔疾书，而不知天将拂晓……一方面，这是写作的沉浸状态，是一种非常好的状态，这样的状态能出好作品；但另一方面，它其实也构成了一个“失眠”或是“睡眠调整”的问题，我主要心疼的是这个方面。您现在的睡眠状态调整得怎么样了？

辛娟：最近睡眠好多了。创作期间，对我来说，失眠是一种常态，不失眠才不正常呢！我小说中一些出彩和精彩章节多半是在失眠之夜完成的。我有一首诗，名为《黑夜的尽头总有光》，在此摘录其中几句：

一连两夜
文字绘画总是和我纠缠不清
我彻夜不眠地驱赶
却在捉迷藏中精疲力竭

思绪携带文字喋喋不休
夜变得黏稠而冗长
似蜗牛慢慢地移动
无眠之夜　文学悄悄产生
生活乱了套　文字着了火

书屋里　书斋号
散发着不切实际的光
宣纸上的青藤书屋
招摇着诗意与清高
……

我在创作亢奋期，失眠已经成为一种惯性，我不认为有什么不好，我认为它是生命的一种自然流淌，是生活的另一种况味。我通常是灵感来了，拼命写；灵感没了，好好睡。在我看来，失眠没什么不好，一切顺其自然，随缘便是福。

文学陕军：您著有长篇小说《场面》《底牌》《月亮背面》，散文集《辛娟散文》，诗集《靠近石头的虫子》，我知道和了解的是这五部作品。后来我的目光被牵引到您的画作上去了。事实上您已经出版了七部作品，另外两部您能谈谈吗？而且这两部是您扎根基层写就的作品，它们的份量和在您心中的位置，应该远超前面那五部吧？

辛娟：另外两部是已经出版的《燕子不来香》和正在出版的《一代名流张子宜》。我在创作每一部作品时都在试图超越前一部，应该是一部比一部好吧！我近年来在长安区定点深入生活，写终南系列三部曲——《燕子不来香》《一代名流张子宜》《香漫长安道》，反映长安区某小镇百年的历史变迁和风云变幻，展示给读者的是一幅波澜壮阔的历史画卷。

《燕子不来香》这是我花费了数年时间精心架构的一部小说，它写的是在秦岭的终南山里、一个叫桃溪古镇的普通小镇。这个小镇，本是一个民风淳厚的世外桃源，可就是这样的一个偏僻的山村，也未能逃脱那个时代的滚滚洪流，也被卷进了那个动荡不安的“运动”之中。于是，山村不再平静，一些山民不再厚道，于是乎，就上演了一幕幕让人悲怆、绝望，令人反省、震撼的故事。故事是从小镇上孙、杜、刘三个家庭子女之间曾经发生过的一系列的爱恨情仇，以及社会大转型时期人们的价值观、人生观、爱情观的变化而展开的，反映了从“文化大革命”到十一届三中全会这一段历史时期小镇的巨大变化，让人们充分地认识或了解到，桃溪古镇同全国众多的村镇一样，是那个时代中国农村的缩影。研讨会上著名文艺评论家肖云儒评价道：这是和柳青走的相似的路子，是陕西作家定点深入生活结下的硕果，是一部有温度、接地气、散发着泥土的芳香的作品，是现代都市人了解农村生活的一辆直通车。

《一代名流张子宜》是我在长安区定点深入生活期间无意中发现好的素材写成的一部历史题材的纪实文学，对今天的人来说，张子宜这个名字也许已经非常陌生。可是，他坚毅勇敢、无私无畏的高尚品德和博爱奉献的精神情怀，在神州大地上依然熠熠生辉。就连于右任先生都曾说："陕西有三位受社会称赞的人，一是水利专家李仪祉，二是报人张季鸾，三是慈善家张子宜。"由此可见张子宜先生是多么值得敬仰和歌颂的人。

19 世纪末到 20 世纪上半叶，在积贫积弱的中国大地上，军阀混战，狼烟四起，外寇侵略，民众遭遇连年战乱和旱涝之灾，长期生活在水深火热之中。张子宜集革命家、慈善家、教育家、金融家、实业家于一身，在中华大地上干事创业、积德行善。他的一生跨越三个"时代"，他一生信奉关学，以张载"为天地立心，为生民立命，为往圣继绝学，为万世开太平"为己任，救民于水火之中；他还信奉基督教，受民主、平等、自由、博爱思想影响，提倡发展民族工业，教育救国，实业救国，兴办实业学堂，创办精业股份有限公司和民生市场；他追随孙中山的三民主义，设想通过三民主义的实施"人能尽其才，地能尽其利，物能尽其用，货能畅其流"，进而实现国富民强、天下为公的大同社会。他一生致力于慈善事业，历经坎坷，九死一生。他是辛亥革命的先驱、著名爱国人士、陕西慈善第一人、抗日英雄。

文学陕军：您的身份有作家、画家、诗人，最后统一起来，我觉得您是一位生活中的哲学家，而且是那种为人温婉天真，但其实目光如炬、洞悉秋毫的“哲学家”。作为“哲学家”，您的一些散文也特别具有教化的意义，但您似乎总是避免去言说这些，您只是把对生活的总结用来指导自己，然后把自己往“人淡如菊”的心性方向上去引导和践行，修为着自己。辛娟老师，是这样的吗，不知道我对您的了解，您能认同几分？

辛娟：过奖了！说我是哲学家，实不敢当！我在写作中，追求一种哲思、哲理。生活中，我其实是个蛮单纯的人。在我眼里，人无一不是好人。正所谓人无完人，金无足赤。和人相处要求大同，存小异。和人相处要多看人的长处，多想人的好处。人的后半生，是一个人的战争，是自己如是降伏其心的过程，心态好，一切安好！

文学陕军：对于中年的状态，您有过这样的言说：“人到中年，常常是处于按下葫芦瓢又起的窘境，时间和精力都有限。生命的资源本身就有限，还是抓紧时间干自己喜欢干的事情，爱自己值得爱的人。人到中年，文章越写越短，话越来越少。”真的是特别认同您的话，而类似的金句，您的文章中还有好多好多，读来受用，裨益身心。事实上，红尘滚滚，其实世俗的世界里，中年人可能是最有争议的一个群体，最受挤压的一个群体，上有老下有小最具责任感的一个群体，中年人有着各式各样的困顿，常常在心性的修为上对自己顾及不上。您的这种状态，是通过什么方式“找到”的呢，能和我们分享一下吗？

辛娟：人到中年常常处于按下葫芦瓢又起的窘态，上有老下有小，都需要照顾，而人的生命和精力有限，人生苦短，只有抓紧时间干自己喜欢的事，事实上，这些年我一直用减法生活。看淡一切，与世无争，与人无争。不攀缘不攀比，清心寡欲守住自己，养心静心，心无旁骛，行走坐卧不离这个，潜心创作。

文学陕军：我对山水画是很喜欢的，山水画里有文人的风骨，也有自然的风光，更有造境的意趣在里面。看您的山水，恕我直言，我感觉您的作品的意象完全不像是出自“女画家”之手，它们激荡层云、山高水长、气象张弛，它们是“男儿气概”的。您怎么评价自己的山水画作品？

辛娟：性格使然吧。我的性格有很大气的一面，甚至超过许多男儿。日常生活中，我重感情，讲义气，把感情看得比钱重。如果和朋友吃饭，和人抢着买单的一定是我。一不小心，无意中出点状况，出来担当的一定是我。什么事情都有它的两面性。我曾经是一个非常情绪化的人，虽然有些不成熟，但却很利于我的创作。我的性格走两极，我的小说绘画亦如是，有很大气和很细腻两个方面，之前，许多省上评论家这样评价我的小说。在我的小说《燕子不来香》研讨会上，著名评论家邢小利说：“我觉得辛娟这个作家不仅仅写小说，也还写散文随笔，还画画，既能画山水，又能画花鸟，既能画写意，又能画工笔。有大气的一面，又有细腻的一面。反映在小说上，结构大气，语言细腻动人，富有诗意，从这点上说，这个作家不简单。结合她以前的作品《场面》《月亮背面是玻璃》等，我觉得她是一位不断走向成熟且有发展前途的优秀的作家。我想从她的画说起，画达到什么境界，我不做讨论，但是我发现她既画山水又画花鸟，山水其实是要有比较大的胸怀、眼界才能画，而花鸟就显得比较小、细，这也反映了辛娟这个作家的气质，她还有很大气的一面……”

文学陕军：从作家、诗人到画家，有连续性、成长性、递进性，但总归人的时间、精力和侧重点会发生自然而然的偏好和转移，您在接下来的规划中，是会侧重写作多一些，还是侧重画画多一些呢？

辛娟：写和画是我的两个挚爱，如同吃饭睡觉，一样不能少。未来两三年，还是以写作为主，画画为辅。写作累了，画画；画画累了，写作，以画画来调剂我写作的孤寂。

未来几年，我将以文学支撑我的画画，用画画滋养我的文学，一张一弛，相得益彰。行到水穷处，坐看云起时，澄怀观道，诗意生活。

文学陕军：期待着您的新著出版，尤其希望您的新著座谈会和您的画展同时举办，这真是美好的场面，大家沉浸在您的文学世界，也沉浸在您的山水世界，重新“认识”一个更知性、更丰富的辛娟！谢谢您接受我们的采访。

智者与智者的会晤，哲思与画意的和鸣

——评《画说〈菜根谭〉》

古人给我们留下一本奇书《菜根谭》，这是集中华传统文化中关于为人处世、修身养性、人生哲思之精粹的奇珍宝训，是我们民族的珍贵文化遗产。今人有一本《画说〈菜根谭〉》，是为阐发《菜根谭》的精义而创作的绘图读本，是对古人智慧和优秀民族文化遗产的一次新的发掘，是极富个性色彩和阅读魅力的图书。如果说，《菜根谭》是本旷世奇书，《画说〈菜根谭〉》则是这本奇书的美妙余音，同样值得我们喜爱和尊重，值得我们细细咀嚼和用心体味。

两本书，是今人与古人的神会，是智者与智者的会晤，是哲思与画意的和鸣。

这位今人叫王家春，他说：“《菜根谭》这样一部出自中国的奇书，曾经在国外风靡一时。今天，该我们拿来，从中吸取它丰富的精神营养了，不然，真的对不起我们先人的智慧。”

于是，王家春先生把中国传统经典《菜根谭》，通俗地加以诠释，并配以插图和诗文，图文并茂，相得益彰，把困扰人生的诸多烦

恼，诸多剪不断理还乱的问题，于诙谐和调侃中予以消解、减弱，使人学会智慧地处理日常生活，处理错综复杂的人际关系。这本书揉合了他对儒家的中庸思想、道家的无为思想和佛家的出世思想的理解，使得志者读之，能悟人生无常；失意者读之，能起死灰之心；富贵者读之，能知艳为虚幻；贫贱者读之，不坠青云之志。

王家春先生的《画说〈菜根谭〉》从结构上分为四大章：做人要厚道，厚道之人，必有后福；在不确定的世界，寻找确定的自己；层次越高的人，朋友圈越有趣；知世故而不世故，才是最善良的成熟。思想上，哲理性强。形式上，图文并茂，爱读好看，通俗易懂。正如封面所言，王家春《画说〈菜根谭〉》中华传统经典，文有三读：好读、乐读、享读，如日光，给人温暖，予以启示；画有三趣：谐趣、意趣、诗趣，让人会心一笑，又肃然起敬。

《菜根谭》文辞优美，对仗工整，含义深远，言简意赅，句简意浓，耐人寻味，是一部有益于人们陶冶情操、磨炼意志、奋发向上的作品。作者以“菜根”为本书命名，意谓“人的才智和修养只有经过艰苦磨炼才能获得”。毛泽东曾经说过：“咬得菜根者，百事可做。”毛泽东的这句话正是对《菜根谭》的最好解读。

刚拿到这本书一翻，让我想到了丰子恺和当代的老树，王家春先生将丰子恺的意境、齐白石的童趣有机结合，质朴天真，意味悠长，能改变人的品德和心态，提升人的正知正见正觉，激发人积极向上的心态。他的作品被誉为“挂在墙上的心灵补品”，不失为现代人的精神良药。王家春先生在秉承古人画风的基础上又多了自己的几分思考，几分深邃，几分对人生的独特感悟，看似简单的笔墨，实则不简单，书写着深刻的人生哲理。他独辟蹊径，创作的《哲理中国画》书中的插图闹钟配的文字“摆来摆去的其实是我们的生命”，说明人生苦短，抓紧时间做一些有意义的事情。所以曹操叹曰“人生几何”“譬如朝露，去日苦多”。书中还有“走走走，吃茶去，不与小人论长短”“宁可得罪十个君子，不得罪一个小人”，这是因为君子坦荡荡，你不小心冒犯了，他只会一笑了之，不会挂在心上；小人则不同，即便你是无意中冒犯了他，他也会记在心里，伺机报复。小人有的是时间，我们何必浪费自己宝贵的时间与精力和小人纠缠呢？“雁去潭不留”，《金刚经》中有：“应无所住，而生其心。”任何事情都不用放在心里，生出一颗澄明的婴儿般纯净的心。不着色相，这是修心的至高境界。“相随心生，相随心灭。”人生在世总会遇到这样或那样的烦恼，但大可不必放在心上。诸如此类对人生有开示和启迪的句子，这里我就不一一列举了。

“一花一世界，一叶一菩提”，书中一人一物，一山一水，一茶一壶，无不充满童趣及禅意和道家的无为和无不为。书中的插图，或诙谐或幽默或调侃，让人在捧腹大笑之余或思考或启迪或开悟或解脱，使人如醍醐灌顶般，智慧对待日常生活。

宋代诗词大家陆游在《别后寄季长》一诗里曾发感叹：“道途逢使君，令我生精神。顿增江山丽，更觉风月新。”今天，重读《菜根谭》，欣赏《画说〈菜根谭〉》，真有与陆游诗意贴合的一种感觉——令我生精神，更觉风月新。

这是古人和今人的智慧赐予我们的，我们欣喜，我们珍惜。

读书是天下第一等好事

古人云："读书随处净土。"

张元济先生有一句简单朴素的话："天下第一好事，还是读书。""天下"而又"第一"，可见他对读书重要性的认识。

新冠疫情期间，我没有出过门，一直在家看书，而且，看的都是一些古书。当我看到《左传》中的《宫之奇谏假道》和《蹇叔哭师》时，夫君走过来，瞥了一眼后，笑着说："这是我小时候看过的书……"

他把《左传》一书中的许多故事说得头头是道，着实让我刮目相看。

我汗颜！我和他读书的差距，近三十年呀！

夫君曾经多次劝我，要静下心来读书、思考，不要总是急着写，肚子里没有学问，写些鸡零狗碎的东西，有什么价值嘛！说心里话，为此我心里不服气，一直耿耿于怀呢。

我读到"宫之奇谏假道"一章时，我说，晋献公怎么能这样呢，人家借道给你，你才打了胜仗，但你回程时顺便把人家也灭了，做人太不地道了，太没良心了！

如此说来，对于寡廉鲜耻、心狠手毒之徒，不应当以仁义道德之心去对待，最好是以其人之道，还治其人之身。虞国的灭亡，就灭在太相信同宗亲情，对不义之徒抱着不切实际的幻想，以为对方跟自己是一类人，以一种近乎农夫的心肠，去对待凶狠的毒蛇。如果说这也是一场悲剧的话，那么则是由自己推波助澜、助纣为虐而导致的。如果灭亡的原因是自己一时糊涂、认识不清，被披着羊皮的狼蒙蔽了，尚可寄予一点同情，然而有贤臣坦诚相谏，苦口婆心地开导，在这种情况下仍然执迷不悟，固执己见，则可以说是咎由自取，不值得一点同情。曾经是作威作福的国君，一朝变成随他人之女陪嫁的奴隶，这种天上、地下的巨变，不能不使人感叹。这也应了那句老话："天作孽，犹可违；自作孽，不可活。"

夫君说："对于寡廉鲜耻的人来说，才不讲什么人道和良心呢，得到的才是实在的。"

我说："是的。人们总是站在自己的立场上来决定取舍的。"

晋献公成功吞并虢国和虞国，要归功于他的心狠手辣：一方面他以本国宝物作诱饵，诱敌上钩；一方面他六亲不认，不顾同宗亲情，唯利是图。于是，不惜以阴谋诡计骗取虞国信任，将两国逐个吞食。但是，攻城略地的成功，却以不顾礼义廉耻为代价，尽管得到了实际利益和好处，也因此失去了人心和道义。对于重视民心和道义的人来说，这样做得不偿失。

我掩卷长叹，心里久久不能平静。当人心目中没有敬畏时，便肆无忌惮；当人心目中没有权威之时，便没有了戒惧；没有了戒惧，私欲就会急剧膨胀；私欲急剧膨胀便会为所欲为，无法无天。

以铜为镜，可以正衣冠；以古为镜，可以知兴替；以人为镜，可以明得失。

读史可以明鉴，知古可以鉴今。

历史是不应当忘记的。即使弱小无法与强暴抗衡，但弱小者之间的彼此照应、鼓励、安慰、同病相怜、支持，也可以让人在风雨之中同舟共济、患难与共，正所谓唇齿相依、唇亡齿寒。这些从惨痛的历史中总结出来的教训，可以说是千古不易的，就连平民百姓都懂得。欺人太甚的事不可一而再，再而三地容忍，即使无法奋起抗争，最起码是可以想办法避开的。既不听劝，又不抗争，的确算是病入膏肓，不可救药了。

宋代刘彝说："读万卷书，行万里路。"这个话有两层意思。一是讲读书和行路之间，行路验证读书，看从书本上得到的知识是不是真实的，是不是正确的，是不是可信的。二是说，读书指引行走。读书能使我们明白，我们应该走向何方，能引领我们走得更远，能使我们行走得更踏实，更有意义，能提升我们行走的质量。好的书，从其本质意义上来说，都是前人行走的路标，是黑夜里的火炬，具有指引和照亮的功能。

古今中外赞美读书的名人和文章，不可胜数。我对读书，有以下几点心得体会：第一，读书趁早，青春年少，记忆力好，所读内容终生难忘。比如儿时读的诗歌——唐代李绅的《悯农》、杜牧的《清明》、王之涣的《登鹳雀楼》等至今记忆犹新。少年时，读的四书五经，终生受益。第二，读书可以明事理，知古今。明理就是明白道理，明白世界上和人生中的道理。从古人的过失中吸取教训，避免重蹈覆辙。第三，读书可以改变一个人的气质，有诗"腹有诗书气自华"为证。第四，读书可以兴家。读书，不仅是个人进步的阶梯，更是家族走向兴旺的起点。富贵传家，不过三代；诗书传家，不止十代。清代嘉庆年间，礼部尚书姚文田的书房里题写着一副对联：世间数百年旧家无非积德，天下第一等好事还是读书。第五，读书是来问道。读书解惑也罢，明理也罢，都是人生技术层面上的，而问道，则是根本意义上的。这是一种很高的读书境界，它可能只是极少数人的用心，并不适合大众。

有书真富贵，无事小神仙

读书随处净土，闭门即是深山。

有了一些阅历后，我越来越喜欢一个人独处，也越来越喜欢看书了，深感读书是天下第一等好事。

我通常是一杯清茶、一本好书，偏安一隅，享受一个人的清净，享受一个人的自在和独美。悠哉乐哉，好不惬意！

近些年来，我通常一周买两到三本书，有些是精读，有些是泛泛而读。购书内容很杂，上至天文地理、下到五行术数，无所不买，无所不看。书的种类很多，涵盖美术、音乐、戏曲、国学、哲学、宗教，等等。

我发现，书就是我最好的伙伴和朋友，投入最小的成本，收回最大的效益。一件衣服，动辄千八百，而一本书才多少钱？少买一件衣服，能买一大堆书呢！和书作朋友，不用担心惹口舌，更不用投入无谓的感情和精力。

看书时，我手机或关机或处于半瘫痪状态，不大看微信。一是劳神伤眼睛，扰乱思绪；二是信息量庞杂，太浪费时间。为此，误了不少所谓的正事，也得罪了不少人。我变成了“独活虫”，怕跟人发生关系，产生交集，怕与人纠缠。我徜徉在书的世界里，个中滋味，其乐无穷。

近几年，只要有好书看，少则一周，多则十天半个月我可以不下楼，可以一天只吃一顿饭，也可以叫外卖、吃方便面，可以穿睡衣、穿拖鞋，可以不梳头、不洗脸，省去许多繁文缛节，节省下大量时间读书。

记得前年春节前夕，一个阴霾的日子，我吃过早饭，便开始读《月亮与六便士》，看到精彩处，我便做一些简单的笔记。后来，夫君下班回来，我正好读完。他问我吃午饭了没有，我才意识到自己看书看得连午饭都忘记吃了。他说："很好，旺夫相，又省下一顿粮食，那就午饭晚饭一起吃吧！"我一看表六点多了，伸了一下舌头，没敢说什么。

还有《万历十五年》《红字》《无名的裘德》等这些好书，我都是一气看完，先囫囵吞枣式地咽下去，之后，像牛反刍，再细细品读，百看不厌。一遍有一遍的发现和收获。读书，实在是一种莫大的享受。古语云："有书真富贵，无事小神仙。"有这样的日子，还要什么？

我曾对老师说："我最讨厌有江湖习气的人。"

老师："江湖是什么？江湖就是人情世故。"

而我这个不谙人情世故的人只好以书为伴……

我家有一套《四库全书》，分子部、经部、集部、史部四大部分。早年我主要阅读子部、集部、史部，近几年，开始主攻经部，读后只恨相见太晚。读完经部，解决了困扰我多年的问题，使我得到空前的解脱，从观念和名利的牢笼中解脱出来，降伏自己的妄心、妄想、妄念，满心欢喜且智慧地活着，享受每一个当下。

也许是因缘和合的缘故，我现在对这些经籍爱不释手，通常几本交叉阅读，老师每次打来电话，问干啥呢？如果我说读书呢，老师一定会说："歇会儿，不要当拼命三郎，这世间的书能读完吗？"

世间的书是读不完，但学在其中，乐在其中。况古人云："一日不读书，尘生其中；两日不读书，言语乏味；三日不读书，面目可憎。"读书为明理，明理为修身，修身即为做人。

这样的日子久了，偶尔参加个活动，或社交什么的，在场面上，连几句应酬话都不会说了。同样的话，从别人嘴里出来，妥帖得体，而从我的嘴里说出来，就显得生硬艰涩。

我像个蹩脚的三流演员，难受得很！最后我干脆不去了，何必为难自己！再说，我为什么要学别人，我就是我，天地间独一无二的我。

我索性以"真"对抗'假'，以"简单"对抗"复杂"，以"脱俗"对抗"世俗"。"深入经藏，智慧如海。"我唯求余生，多读书，读好书，简单、快乐、智慧地活着……

读书是一种消遣、一种享受。

读书，足以使人忘掉世间一切辛苦，精神生活富足。

曾国藩说："人之气质，由于天生，本难改变。唯读书可以变其气质。古之精相法者，并言读书可以变换骨相。"

历史使人明智，诗歌使人灵秀，数学使人周密，哲学使人深刻。

读书，能够在潜移默化中涵养人的心志。

外师造化，中得心源

——评骆孝敏老师花鸟艺术

认识骆老师，缘于西安国际美术城的兰台大讲堂。他给我们讲的是“中国画造型与笔墨关系——花鸟画的技法”，他讲到笔意、造型、笔墨、落款及印章，还讲到师承问题、生活问题、捕捉物象问题，最后还现场画了一对夫妻鸡。他画鸡是从尾巴开始画，让我大开眼界，给我留下很深的印象。

那天，他说，“听说你是长安的大才女，文笔很不错，能否把你的小说给我一本让我学习学习。”我说：“可以，但不敢说‘学习’二字，会折煞我的，希望老师看后多批评指正！”

他最初给我留下了谦虚、和蔼可亲且平易近人的好印象。

最近，骆老师打来电话，说他要出书，让我给写个序或画评之类的东西，我诚惶诚恐，如履薄冰。他之所以选择我，大概源于我是个作家吧！多年的写作，使我对文字有太多的敬畏，怕写不好，评价得不准确、不中肯、不到位。我的顾虑主要有三方面：一来，我对骆老师也不太了解，读书人的良知和正直告诉我，我不能睁着眼睛说瞎话，我要对我的文字负责；二来，黑字一旦写到白纸上印刷出版了，你的才情、灵性、品貌等都裸露在大众面前了，错别字想抠都抠不下来了；三来，在骆老师面前谈书画，有班门弄斧之嫌，因为我毕竟是他的学生，有什么资格评价老师的画。眼下，老师开口了，我只有勉为其难了。

此刻，我坐在电脑前，多么羡慕那些不懂书画，却洋洋洒洒地写了几千字的评论文章的人，其勇气实在可嘉！

人品即是画品

骆老师在孩提时代，是孩子王。成年后，在家绝对是家长，一言九鼎；在同学圈、朋友圈也是“老大”，但绝非年龄意义上的老大。他为人厚道、大气、不怕吃亏，乐善施好，诚实守信，因此赢得了好人缘，所以，他朋友很多，以至于我几次去采访他，房子里都是高朋满座。骆老师忙得不亦乐乎，热情招待，又是泡茶，又是递烟，又是让吃水果。有时客人来了，即使他正在作画，也会马上放下手中的笔，笑呵呵地说：“请坐请坐。”他生活简朴，吃穿均不讲究，为人和善，全然没有书画大家的架子。

我曾经问骆老师：“您的朋友咋这么多！不影响您画画吗？”他说：“我真心对人，所以人也真心对我，我假不了。有时我也试图拒绝，但……”骆老师朴素的语言中，涵盖了做人交友的大道理。他说：“至于你提出影响不影响我画画的问题，当然影响了，这也是我熬夜的原因之一吧。不过，话说回来，来的都是客人，是朋友，人就活了个人气，都没人上门了，你说有什么意思。”

在书画圈子，常听人评价某某某的画或字不怎样，抑或干脆说某某某根本不会画画或写字，互相倾轧的现象屡见不鲜，这大概就是所谓的“文人相轻”吧！和骆老师接触后，我的脑海里常常冒出“君子坦荡荡，小人长戚戚”“万物并育而不相害，道并行而不相悖”“宽裕温柔，足以有容也”等经典句子，只因他谈及书画界的任何人，都说那人不错，画或字也不错。在他眼里，人无一不是好人。相由心生，这让我想起两句话：一句是“在佛眼里，人都是佛，在魔眼里，人都是魔”，另一句是“厚德载物”。厚德载物是《周易》中的话，原文是“地势坤，君子以厚德载物”。厚德载物，什么是“德”？其实很简单。帮助别人要求回报，叫作交易。帮助别人不要求回报，就叫作“德”。如果很多人得到你的帮助，而你都不要求回报，那你的德就厚了，就可以称作德高望重了。骆老师可谓德高望重，他带学生，从不收学费，也不行拜师礼。但凡学生拿去习作找他指点，无论多忙，他都会放下手中的事情，让学生把习作贴在墙上，一一指出画中的不足。因为他有昼伏夜出的作息习惯，所以学生夜里十一二点打电话请教问题也是常有的事，他都一一接听，耐心讲解。

你的孤独，成就了你的艺术高度

气量决定格局，格局决定高度。

熟悉骆老师的人都知道，他是个宅男，每天在画室研读作画到凌晨两三点，经常是一星期抑或十天半个月不下楼。饿了，下碗清水挂面或泡一包方便面，偶尔下楼，也是因为补给不足或断粮了。每逢这个时候，他在街上吃完便饭，买了挂面、蔬菜、方便面和油盐酱醋后，匆匆上楼继续研习作画。他的勤奋在圈里是少有的。多年来，他深居简出，尽可能谢绝一切社会活动，潜心研习水墨丹青。

由于他整天不出门，他的几个老哥们经常开玩笑地说他“坐月子”呢！

我采访他时曾戏谑他：“您和路遥一样，早晨从中午开始。不过，这种昼伏夜出的习惯很不好，不利于养生，一定要睡好子午觉。”你猜他却说什么？他却说：“三更灯火五更鸡，正是男儿读书时……”此话出自一个已过花甲之年的人口中，令我辈年轻人汗颜。我说：“您都是大家了，大可不必这么辛苦。”他说：“千万不敢这么说，我可不是什么大家。”这也让我联想到社会上现在某些人，对文化没有敬畏之心，以为画画很容易，书没读几本，大字不识几个，不懂绘画理论，不懂章法布局，拿起笔胡乱涂鸦，不知高低深浅，就自称为书画名家了。

在眼下如此急功近利、浮躁浮夸的时代，他的谦虚、低调、能耐得住寂寞的品质，是多么难能可贵，值得书画界的同仁学习。至少，值得我学习。

外师造化，中得心源

艺术是画家感情和生命的流淌，都说骆老师擅长画鸡，这话说得对，也不全对，确切地说，是说对了一半。他不只是鸡画得好，其他也画得好。他笔下的公鸡雄健、阳刚、斗志昂扬，母鸡温和、慈祥、母爱浓浓，小鸡天真、健硕、憨态可掬。诸如小狗、小牛、小鹿、猫咪、小鱼、青蛙，在他的笔下无不活灵活现、惟妙惟肖。他画竹或挺拔直上，伸出画外，或瘦竹数竿相互交错。生动而又风趣的题诗、遒劲而又富有变化的书法（落款），交错于画中，融入画中，笔墨放逸自由，章法上富于美感。他画的梅花傲霜斗雪、不畏严寒、凌寒独开。无论画竹画梅，他的画法不同于别人，有自己独特的见解，形成鲜明的“骆家”风格，别人难以摹仿和企及。

坦率地说，我一向不喜欢牡丹。宋代王溥《咏牡丹》有云：“枣花至小能成实，桑叶虽柔解吐丝。堪笑牡丹如斗大，不成一事又空枝。”当然了，诗人主要是从实用价值方面审美的，认为实用美才是实实在在的，而牡丹是没有实用价值的虚妄的外在美。但骆老师画的牡丹我喜欢，他把水、墨、颜料的比例，拿捏得恰到好处。他笔下的牡丹艳而不俗，他把牡丹花的那种娇嫩、淡雅、通透、简约和花大而香的质感画出来了，同时把人们赋予牡丹的花中之王的王者之气和当下雍容华贵、繁荣盛世的精神也都画出来了。

古人说：“棋琴书画养心，梅兰竹菊寄情。”自古，梅、兰、竹、菊就是君子高杰品质的象征。梅，有“雪舞长天彻地寒”的傲骨；兰，有“清芳一世落尘埃”的清远；菊，有“笑傲寒临叙暮秋”的清贞；而竹，则有“直视苍天傲暑寒”的气节。在我看来，千百年来，人们赋予这梅、兰、竹、菊“四君子”的人文精神，正是骆老师人格、人品和修为的写照。

最后，我用他的一首自创诗，结束全文：

面壁提毫仅一挥，丹青水墨正淋漓。

谁言国画今没落？孜孜我辈足可期。

一个气化氤氲的水墨世界

——高山国画艺术作品浅赏

提起高山老师，陕西美术界无人不知，无人不晓。想必大家也知道，他在美术界担任了多个行政职务，然而，在繁忙的行政工作之余，他仍坚持国画创作，笔耕不辍，不断探索创新。他一手伸向传统，一手把握当下，现而今形成了自己独特的艺术风格，呈现出一种大家气象，实在难得。

高山老师毕业于西安美术学院油画系，早年曾在油画领域成绩斐然，但他并没有将自己禁锢在单一的绘画技艺里，近年来又将西方绘画形体色彩融入到国画笔墨之中，创作出一批优秀作品。其作品多次应邀赴新加坡、马来西亚、日本、韩国、俄罗斯、白俄罗斯进行艺术交流，部分作品被钓鱼台国宾馆、苏州博物馆、邓小平故里、云南机场等收藏。高山老师 2006、2007 年被评为中国百杰画家，2009 年度被西安市文联评为“德艺双馨”画家。

纵观高山老师的绘画之路，有脉络可循。

外师造化，中得心源

“外师造化，中得心源”是唐代画家张　所提出的艺术创作理论，是中国美学史上“师造化”理论的代表性论述。

“造化”即大自然，“心源”即作者内心的感悟。“外师造化，中得心源”就是说艺术创作来源于艺术创作者对大自然的师法。自然的美并不能够自动地成为艺术的美，需要画家将自然的美与其内心的情思和构设巧妙地完美融合，把自然的美转化为艺术的美。

艺术家需要“外师造化”，更应当“法自然”，坚持艺术与现实关系的唯物主义色彩。

石壶说，绘画，起初是描摹大自然，然后“生化”（即提高与创造）。生化的本领得自作者内心的修养，一个画家在艺术上成就的大小，就看其人修养之高低。

讲到“生化”“铸造”，主要是人的思维在起作用，从描摹客观物象到铸造自然，有一个过程。“庾信文章老更成”，是说酝酿、发酵到成熟要一定的时间。

高山老师的画作，从艺术的高超造诣上看，摒弃了对自然的描摹，重视主体的抒情与表现的高度融通与统一，画出了自己的艺术风格。

《道德经》云：“信言不美。”意思是说，真实的话未经加工，所以不美妙动听。艺术来源于生活，要高于生活。艺术不能把生活模仿似的照抄照搬，要对自然的美进行艺术加工，高度概括和提炼，否则，真实而具象的东西，让人一览无余，难以给人留下想象的空间。

高老师的画作不是普通意义上的美术作品，他把自然的物象已经幻化成自己的心象，心手合一，跃然纸上。他笔下的花鸟，线条流畅灵动，笔墨酣畅淋漓，空灵高雅；他的笔墨或淡或浓，或焦或湿，淡有淡的韵味，浓有浓的老辣，着色艳而不俗；他笔下的线条，有张力、有弹性，或长或短，长短相间，富有节奏，如音乐的旋律，在画面上跳跃舞蹈；他笔下那些刻在宣纸上的记忆，在长长短短、粗粗细细的线条组合中，可以看出他的性情、才情和独具匠心的艺术魅力。

《道德经》云："惚兮恍兮，其中有象；恍兮惚兮，其中有物；窈兮冥兮，其中有精。"浑浑清清、清清浑浑，虚虚实实、实实虚虚，大的形象大的物质中，窈窈冥冥、幽幽深深，但是其中有着精致微妙的东西。透过这些大的物象，高老师的画让我们看到了作品背后的东西，实属难得！国画，妙在用水。当然，也关乎性情、学养、修为和才气。高老师熟谙此道，笔、墨、水被他玩弄于股掌之间，如庖丁解牛，游刃有余。比如他画的荷花，其胸中之荷，并不是眼中之荷。意在笔先者，定则也，趣在法外者，化机也。从"眼中之荷花"到"胸中之荷花"，再到"手中之荷花"，正是从生活形象到艺术形象的加工、提炼、概括、提高的过程。我喜欢他笔下高度概括提炼后的荷花，尤其是残荷，有一种残缺之美，沧桑之美，苍凉之美。他笔下的残荷：萧瑟的深秋，万木凋零中，一枝独秀（一枝花骨朵），透出勃勃生机，表现生机流动的生命世界。那种历尽苦难，生命之花依然顽强绽放的画面，令人震撼，继而向生命致敬。其画面向人们传递出积极向上，不向苦难和命运屈服的精神。赏心只需一两枝，万木萧瑟中，这一抹红，就够了。

沈宗骞在《芥舟学画编》中说“雅之大略有五：古淡天真，不着一点色相者，高雅也；布局有法，行笔有本，变化之至，而不离乎矩矱者，典雅也；平原疏木，远岫寒沙，隐隐遥岑，盈盈秋水，笔墨无多，愈玩之而愈无穷者，隽雅也；神恬气静，令人顿消其躁妄之气者，和雅也；能集前古各家之长，而自成一种风度，且不失贵卷轴之气者，大雅也。”作画者，俗不去，则雅不来。水墨画是中国画的最高境界。我尤其喜欢高山老师的水墨画，不着一点色相，其苍茫氤氲之气、水墨淋漓之味，向人们传递和展现了一个富有生命律动，生机勃发的世界。

中国艺术所表现的世界，是一个活的世界，一个生机流动的世界。表现这样的世界的手段，必然是要反映生命的内在节奏，而不以表现外在形体为满足。

清人何绍基说：“‘氤氲’二字最得中国艺术之韵。”

中国艺术家面对的是一个气化的世界，又以艺术表现这个世界。如在中国画中，画家与其说在画画，倒不如说在画气。清代画家、绘画理论家沈宗骞说：“天下之物，本气之所积而成。即如山水，自重岗复岭，以至一木一石，无不有生气贯乎其间。”这很能反映中国画家对气化世界的认识。清代绘画教育家布颜图说：“物有死活，笔亦有死活。物有气谓之活物，无气谓之死物。笔有气谓之活笔，无气谓之死笔。峰峦葱翠，林麓蓊郁，气使然也，皆不外乎笔，笔亦不离乎墨……有气谓之活笔，笔活画成时亦成活画。”有气谓之活物，有气谓之活笔。

高山老师深谙此道，他的国画苍茫氤氲、水墨淋漓、气韵生动。他的水墨画日趋完善，呈现出大的气象。

技近乎道，技道统一

“通神明之德，类万物之情”，这两句话是中国美学的最高概括。神，不是迷信，虽无形无质，然又发挥作用曰神。神支配法则，好画好诗是神在支配，是神与人感情起共鸣产生的。明，是神之作用，凡神皆明（光明）。人之第一念（不假思索）是神，艺术要反映第一念。凡艺术皆贵想象，有些画只具外形，似乎也是想而后得，其实若仅具外形，实物固在，何用想欤，这只是罗列现象。我说第一念是不想而得，但这第一念头也不是偶然的，是平素观察、构思的积累在这一瞬间被触发出来。讲德，才有善，如日月之明，永远光辉。德如日月，然后作品方能与日月同光。苟无德，其作品必亦污秽。德是衡量一切事物的尺度。看法相同，德不同，以德为准。德相同，看法不同没有关系。如梁启超不同意他老师康有为，熊十力不同意欧阳竟无，都是看法不同。要在学习绘画的过程中逐渐分辨清楚哪些是自己的本来面目。我固有的，是好的；人强加于我者，是不好的。

绘画既是一个修炼身心的过程，又是寄情于纯净创作中的一种悠然自足的人生状态，也是传播美的一种方式。高老师的国画作品，让观者在艺术之美中潜移默化地受到熏陶，达到润物无声的艺术效果。

石壶说：“学画要深究哲学。初成‘画家’，后来要脱离画家，否则，最终只是画匠，最多‘巨匠’而已。不学哲学则不能振拔，将永陷魔窟之中。画到穷时，要能闭关两三年，从思想上省悟，画还会变。这样常常自省，就能不断提高境界，最后达到无人相，无我相，无众生相，无寿者相。”

《易》曰："与天地和其德，与日月和其明，与四时和其序。"德，是日日增进的，所谓"进德修业"。对我们来说，文学艺术是业。德如日月，可以照见别人的道路。人的光明正大的精神一刻也不能蔽。日月在天，其另一边之光人虽不可见，然其光固在，不过为物所障。人为名利障，则不能现出己之德的光明。序者，变也，要知物之变。穷则变，变则通，要知份。

中国画的根基是哲学美，其根系深深地扎在中国文化的土壤中。中国的民族文化精神，决定了中国画必然既不拘泥于客观物象，也不囿于个体世界，而是在"技近乎道""技道统一"和大道至简的表现形式中，完成主体精神的高扬和自由。小艺到技，大艺至道，大道至简。高老师的画作秉承写意精神，坚持中国文化的"天人合一"理念，坚持"行从意""法从意"的艺术规则，尊重个体生命的哲学精神相统一。他的"写意"，写的是具体物象的象内、象外之意和画家主体的心中之意。他的"写意"，以线性艺术为基础，骨笔用法，把线的组合玩到了极致。

绘画有两个要素，一是性灵，二是学问。无性灵不能驾驭笔墨，有学问才能表达思想。如画芍药，仅仅是芍药则无意思，不能为画画而画画。个人的艺术风格是上述两个条件相结合而生成的。有了意思，要考虑表现形式，于是出现了风格。否则，只在画得像不像上徘徊作难，便什么都谈不上了。

必须于性灵中发挥笔墨，于学问中培养意境，两者是一内一外的修养功夫，笔墨技法是次要的东西，绘画光讲技法就空了。有人光讲意境，无学问来培养，则是句空话。然而如沈石田、文征明，学问虽好，但缺乏性灵，笔墨也会落空。八大山人、石涛有学问有性灵，可称双绝。性灵是根蒂。治学当治本，不应治末。

高山老师自幼习书绘画，与丹青为伴，几十年来辛勤耕耘、历经磨砺，努力融汇诸家之所长，以易学数理揭示书画中的阳阴五行之变，用儒、释、道挖掘国画艺术的博大内涵，并写出了《中国画中的〈易〉学论》。其论文及学术观点被国内外诸多新闻媒体报道，2009年陕西卫视《中国书画名家》栏目对此做了专题报道，得到全国学术界的高度关注。

“诗文随世运，无日不趋新。”创新是文艺的生命。刘勰在《文心雕龙》中就多次讲到，作家、诗人、画家要随着时代生活创新，以自己的艺术个性进行创新。

当下，繁荣盛世，吾以为，笔墨应随时代俱进，应在表现正大光明的永恒主题的同时，以表现社会的大繁荣大发展为主题。

形神兼备，气韵生动

朱晦庵有一首诗说：“半亩方塘一鉴开，天光云影共徘徊。问渠那得清如许？为有源头活水来。”

艺术的源头就是生活。

高老师深谙此道，经常外出写生，在生活中寻找源头活水，在生活中发现和寻找鲜活的素材，在火热的生活中激发灵感，从而创作出了许多有温度、接地气、散发着泥土芳香的国画艺术作品。

艺术来源于生活，但高于生活。高老师把在大自然中搜集到的鲜活的素材，经过去粗取精，去伪存真，对原始的素材过滤、提炼、概括、加工，即把物象幻化成心象，用自己的笔墨语言，向世人展示出弘扬真善美、弘扬主旋律的作品。

高山老师早年在部队从军的经历铸就了他坚韧不拔的品质和严谨的治学态度。他在西安美术学院油画系的刻苦学习，奠定了坚实的绘画基础。他在艰苦磨炼中，在油画领域成绩斐然，近年来，他改弦易辙，将更多的精力投入到国画花鸟和山水的创作中，在中国传统绘画的基础上，不断吸收西方绘画的光影及透视等技法，形成自己独特的绘画语言和鲜明的风格。

谢赫六法是中国古代美术品评作品的标准和重要美学原则。“六法”最早出现在南齐谢赫的著作《画品》中。六法：一是气韵生动、二是骨法用笔、三是应物象形、四是随类赋彩、五是经营位置、六是传移模写。“气韵有发于墨者，有发于笔者”（张庚《浦山论画》），“气关笔力，韵关墨彩”（黄宾虹《论画书简》)。这已不是谢赫原意，而是后代艺术家、理论家根据自己的体验、认识对气韵的具体运用和新的发展。

高老师深谙谢赫六法，并以此实践于自己的绘画之中，寻找到了自己独特的笔墨语言。以高山老师的花鸟作品为例，画面气韵生动，意境突出；画里处处体现出书法的笔意，线条灵动，墨色变化丰富，落款具有画龙点睛的作用；物象造型准确、生动活泼。他对色彩敏感，能用画笔还原物象的本色状态；构图新颖，布局合理，繁简得当，由于具备以上特质，他的每一幅花鸟画，都是一幅优秀的作品。他笔下的花鸟作品气韵生动，空灵朦胧，富有诗意。

德艺双馨，默默奉献

走进西安国际美术城高山老师办公室，案几上摆放着爱心大使、中国百杰画家、“德艺双馨”画家等众多奖牌。这些奖牌名副其实，实至名归。他没有领导的架子，待人和善、平易近人、有涵养、有修养，因此赢得了好人缘，最让人感动的是他的爱心和耐心。西安国际美术城设立兰台大讲堂，每周一次，课前有半小时辅导时间，即由老师给学生批改作业。学生水平良莠不齐，有正规美术学院的科班学生，有老年大学的，也有没有绘画基础且刚刚起步什么都不会的“学手子娃”，他总是不厌其烦地给学生讲解辅导，生怕落下某个学生，因此，深得学生喜爱。

绘画艺术是精神世界的东西。近年来，高山老师进行美术培训，凡来跟他学画的人，他都告诉他们要先致力于形成自己的思想体系，指导他们认识自己的思想体系。即不画别人的画，也不画大自然的画，要通过画大自然画自己，通过物质画精神——这才是自己的。他的谆谆教诲，为普及陕西美术事业和培训基层美术工作做出了较大的贡献。

我每次去他办公室，总是看到他忙碌的身影，不是坐在电脑前起草文件，就是开会安排工作，还要热情接待来访者。我不知这种现象是个案，还是普遍的。因为，我也是偶尔去他办公室一次。我曾不止一次对他说：“高主席，你应该找个秘书，专门写文件。”他每次都笑笑，摇摇头，招呼我坐下喝茶。我离开之后他又继续写他没有写完的文件。

我常想，一个颇有才气的艺术家，被繁琐的行政事务缠身，会不会影响他的创作？对艺术而言，是不是一种损失？我颇为他担心，也在时刻关注他的国画创作。我曾经问过他这个问题，但他并不认为行政工作会影响他的创作。他把行政工作和艺术创作兼顾得恰到好处。工作中，他总是任劳任怨，孜孜不倦，默默付出。也许就是因为他对工作的热爱和务实精神，使得他的艺术事业不断向着更高的层次迈进。

人说，艺术玩的是精神，拼的是文化，成就靠的是境界。说到底，国画拼到最后，拼的是根植于心的修养。高山老师对中国传统文化广泛涉猎，文化学养和知识储备深厚，加之他的勤奋钻研和开拓创新精神，有理由让我们对他的未来充满期待。

寻找艺术精神家园

——评王建树先生《永恒的足迹》

一次偶然的机会，我在一本画册上看到王建树先生《永恒的足迹》这幅作品，实为之震撼！他的作品将陕北高原荒凉峻拔的自然景观与丰富的人文风情，转换为一种审美上的崇高与磅礴大气，表达了一种西部情结和黄土高原的文化积淀与当代情怀，既有北方画派的粗犷、拙朴，又有南方画派的秀润、淡雅、温和，皴山、点树、染云。其山石平缓如丘，无奇峭之笔；其树木多用湿笔点缀成林，无峭拔之势。其用墨亦是淡墨、湿墨为主，既有大气磅礴、意境悠远的一面，又有细腻灵动、充满想象和诗情画意的一面。在第十一届中国艺术节上，该作品一举入围全国优秀美术作品展，看似偶然，实则必然。这是他多年积累的结果，也是他多年来贯通南北、开拓创新的结果。

从笔墨上来讲，他的笔墨酣畅淋漓，追求点、线、面三者之间的协调，既融合了写意和工笔，又体现了学院派的扎实功底。作品透过笔墨更多表达的是对艺术的思考和追求，而他对生活的理解，对自然感情的升华，借助笔墨得以展现。再加上他天生有诗人的潜质，对文学、音乐、戏曲等艺术都有一定的涉猎和相应的知识储备，有综合的文化修养做基础，注定了他的作品出手不凡。

为了体现陕北黄土高原的文化精神内涵，他先后深入陕北的许多地方，一边写生，一边收集素材。为此，他踏着历史的烟云和足迹，踏着岁月的足迹，先后去过榆林横山波罗古镇、绥德、吴堡、麻镇等地，一点点地寻找中华民族的血脉和根系，寻找精神的慰藉，寻找曾经失去的精神家园。

陕北是中国革命的圣地。无数革命先烈在这块土地上抛头颅，洒热血，奉献自己的青春和生命。每个中国人对这块黄土地，内心都怀有一种特殊的感情和深深的眷恋。不仅如此，陕北是中国的一个特殊地域，也是黄河流域文化的组成部分。而榆林的麻镇就是其中最为典型的一个样本。解放前夕，麻镇是全县最大的集镇，商贸兴隆，时有货栈36家，居民万余，是陕北一带重要的商品集散地，有“南有重庆，北有麻镇”之美誉。有一天，王建树先生在烽火台旁边，看见一个饱经风霜的老婆婆和他的儿子扛着一捆柴步履蹒跚地从他身边经过。老婆婆脸上黝黑发亮，满脸沟壑纵横，而她的儿子年龄尚小，超负荷的木柴压弯了他的腰，使他过早地品尝到生活的艰辛……望着他们一老一少向远处村庄走去的背影，王建树先生为之震撼，禁不住流下了眼泪。那眼泪中，既有对陕北人生存环境的同情，又有对他们不屈不挠、顽强拼搏精神的感动。

深入生活、采风写生的场景定格在他的脑海里，历史文化的记忆浮现在眼前，那些窑洞、那些城墙、那些烽火台……在他的脑海萦绕，挥之不去！他在思考，陕北人的苦难，不正是我们中华民族共同的苦难，不正体现了中国人民为了生存，几千年来和大自然斗争，和命运抗争，和外来敌寇斗争，在抗争中繁衍、壮大的不屈精神吗？

由此，他产生了创作这幅画的强烈冲动。于是，他拿起笔，在本子上立意、构思、画草图到深夜……初作完成后，王建树先生放下画笔，先后两年又跑遍了陕北的沟沟坎坎，大街小巷，有的地方甚至去了不下十次，最后才终于完成了这幅展现自己精神家园的作品——《永恒的足迹》。

说真的，我看了王建树先生创作的《永恒的足迹》后，内心顿时感受到了一种宁静，一种满足，一种幸福。整幅画作，他在追求“静”“淡”和“雅”，而这三种意境却又紧紧地结合在一起。中国画不表现血腥、战争，不表现烦躁、焦虑，而讲究追求至静至远、天人合一。老子《道德经》中有：“静胜躁，寒胜热，清净为天下正。致虚极，守静笃。万物并作，无以观复。”清赵翼说：“国家不幸诗家幸，赋到沧桑句便工。”此话中肯精到，画画需要安逸的环境，换句话说画画是闲人的事情，要有闲情雅致。诗词需要思想、思考，而不幸、磨难、坎坷恰好给诗词以养分、供给。想想先哲的话，在王建树先生的作品中，我读到了他对中国传统文化的孜孜以求，对现实社会的无奈和彷徨，也读到了他为曾经拥有的精神家园的苦苦追寻。

王建树先生讲，他曾无数次站在陕北大山深处与大自然对视，看云卷云舒，观日出日落，听小鸟啁啾……此间快乐，何其美妙。当他走进陕北大山深处，看到山谷、沟壑，不由得想，多少年来高原人民是如何辛勤劳动，如何与大自然进行着抗争的？他深深地感受到，他们是那样遥远，又是那么地贴近！眼前的黄土高原，何其神秘，何其博大，于是他拿起画笔，穿越历史的沧桑岁月，穿越重重的时空，不分昼夜地书写着陕北高原之情。

画画要有意境。意境是中国画的生命，也是画家的生命，是修为和学问的综合体现，关乎深度、关乎境界，摆脱具象，提炼心象，让读者看出画家画外的东西，也就是说中国画不是看画家画了什么，而是看画画的人心里有什么。《永恒的足迹》就充分体现了这一点。《永恒的足迹》不仅让我们欣赏到了画家笔下多彩的画面，而且让我们感受到了画家精心构建的图画内涵，同时还让我们感受到画家对文化、对历史的一种责任和担当。

王建树先生不仅在中国画创作方面是颇有研究，更是一位为陕西美术事业发展默默奉献的工作者。多少年来，他被我们陕西基层美术队伍传为佳话。

最后，我要着重写他身上的一种精神，一种吃苦耐劳勇于拼搏的精神，一种无私奉献的大爱精神。

人活着就要有这种精神，而当下的很多人就缺这种精神。

王建树先生是我尊敬的一位画家，他也是一个充满活力，稳健扎实，一步一个脚印，厚积薄发的学者。因此，我们有理由对他的未来怀有更多期待。

诗意盎然，天趣自成

——评李润民国画艺术

认识李老师，先是画，后是人。以文会友，绘画，亦复如是。他的画最先打动我的是意境。他的画有浓厚的文人画气息。想必大家也知道，文人画泛指中国封建社会中文人、士大夫的绘画，别于民间和宫廷画院的绘画，始于唐代王维。文人画兼诗、书、画、印为一体，讲究“诗中有画，画中有诗”；通过其作品，托物言志，抒发情怀；在艺术上他们大都有自己的独特追求，体现着自己的个性风格。文人画的作者们大都是些超凡脱俗的文人雅士，他们游心翰墨、寄情山水，不贪恋金钱名利权力。这种特殊的身份以及作画的非职业性、非功利性特点，成为人们醉心于其中的主要原因。

何为文人画？陈衡恪对此是这样界定的：“画中带有文人之性质，含有文人之趣味，不在画中考究艺术上之功夫，必须于画外看出许多文人之感想。此之所谓‘文人画’。”他同时还提出文人画之四要素：“第一人品，第二学问，第三才情，第四思想，具此四者，乃能完善。”由此可以看出文人画有它特殊的审美标准，不仅要在画之范围内用功，还须在画之外提高主体精神。文人画以诗为魂，有浓重的表情达意的抒情性特征，以诗的表现性、抒情性、写意性为最高的美学追求原则。王维的绘画“画中有诗”，最早确立了诗化的文人画美学原则。沈宗骞在《芥舟学画编》中说：“画与诗，皆以陶写性情之事，凡可入诗者，皆可入画。”

李老师的画的显著特点是精神境界的诗意盎然，天机自成。他的画以意境取胜。他的画，笔墨精彩，大有大的恢宏，波澜壮阔；小有小的精致，唯美。小尺幅，大境界，尺牍之间，可见乾坤。李老师的画作，构思独特，水墨用笔非常到位，有意思，有韵味，很是精彩。

纵观李老师的绘画创作，有脉络可循，具体有以下几个方面可论：

1. 李老师是个心里有画的人

他心里有自己的想法，有自己的追求，大千世界，一草一木，在李老师眼里无不是画。这让我想起了《觉林菩萨偈》里的话：“心中无彩画，彩画中无心。然不离于心，有彩画可得。”中国画讲究的是用笔之道，重在意境之美。创作来源于生活，高于生活。李老师用画笔创作出现实生活中有内涵有意境的作品，在他看来，作为一名画者，所目睹的一切事物都是作品。他的画作，素材大多来源于生活，其构思新颖，笔墨精妙，意境深远，诗意盎然。画面内容丰富，向人们传达的是艺术之美，积极向上，且充满诗意。绘画艺术是精神世界的东西，是高于物质世界的。画者要先致力于形成自己的思想体系，开发自己的创作思维，不画别人的画，也不画大自然的画，要通过大自然画自己，通过物质画精神，这才是自己的。许多人倾其一生，也找不到自己的绘画语言。值得欣喜的是，李老师已经寻找到了自己的绘画语言，形成了自己独特的绘画风格。正因为李老师心中有追求，有想法，有沟壑，才会画出一幅幅曼妙、唯美、诗性的画作。

2. 国画，妙在用水

国画，妙在用水，当然，也关乎性情、学问、修养和才华。李老师熟谙此道，如庖丁解牛，游刃有余，或淡或浓，或焦或湿，淡有淡的韵味，浓有浓的老辣，笔墨酣畅淋漓，得心应手。线条或长或短，长短相间，富有节奏感和张力，如音乐的休止符，在画面上弹奏、跳跃、舞蹈。从长短相间、粗细有别的线条中，可以看出他的性情、才华。

佛家讲，人到这个世上来，吃哪碗饭是有定数的。李老师画中有浓浓的诗意，我猜测是源于他骨子里与生俱来的浪漫情怀，当然也和他后天的学习和努力是分不开的。他的画作，功力深厚，线条流畅，笔笔出彩，拙中见巧，最打动人的是意境美，最直观的感觉是艺术的美，还有，扑面而来的浓浓的生活气息。看他的画，是一种美的享受。看他的画，能激活你的审美，让你重新发现大自然的鬼斧神工之美、生活之美，从而热爱大自然、热爱生活、热爱生命、热爱社会、热爱家人。

他是一个心中有爱的人。近几年来，他一直热衷于慈善事业，2018 年被陕西电视台教育春晚组委会评为“助力慈善突出贡献书画家”，被长安关注贫困留守儿童爱心协会评为优秀理事。2019 年，他被陕西帮帮乐扶贫协会评为爱心书画家。

他先后去内蒙古、甘南写生，收集素材，并拍摄了数百张实景照片。今年年初，他以自己擅长的草原作品为基本素材，汇集百余张甘南景象照片，耗时近半年创作出6.5米长的《甘南映像》巨幅作品。其作品气势恢宏，波澜壮阔，令人震撼！

2018年7月，李老师在西安国际美术城成功举办了“我和草原有个约会”个人美术作品展，展出近百幅作品，也包括其他门类画作。他的画展受到美术界关注，受到业内人士一致好评。著名花鸟画家骆孝敏感慨地说：“润民呀！你是咱长安的一匹黑马。”无疑，骆老师的评价是中肯的。和许多有成就的画家一样，李老师无疑是勤奋的，也是有思想的。“宝剑锋从磨砺出，梅花香自苦寒来。”多年来，他常常一个人在工作室潜心创作，一周甚至半月不出门不赶场，也是有的。他说他喜欢安静，喜欢一个人安静地思考、创作、练笔。书画活动，能不去的尽量不去参加，实在无法推辞的，他也是来也匆匆去也匆匆。

我轻易不给人写美术评论，主要是一来，我文学创作任务繁重，二来，人生不易，想干好一些事更不容易。每一个能拿起笔来创作的人，无论是文学还是绘画，都是值得尊敬的！我之所以选择不写或少写，是唯恐评价不中肯、不到位，但李老师几次打电话约稿，我只能勉为其难了。

看李老师的画，给人一种美的感受，令人愉悦，这大概是艺术的感染力和魅力吧！

生命是一场又一场的相遇和别离，是一次又一次的遗忘和开始。尽管我和李老师只有过一面之缘，但生活中总有一些人，只缘于一次会面、一段文字或一幅画作，就让你记住他。李老师那一幅幅匠心独运、诗意盎然、笔墨精妙、天趣自成的画，给我留下深刻印象。此刻，窗外秋雨在淅淅沥沥地下着，翻阅李老师的画作，伴着一抹茶香在心中慢慢氤氲开来，尽管窗外秋雨绵绵，但让人感到如沐春风，很是惬意！

李老师不善言语，但内心世界丰富，属于内秀型；他功力深厚，诗性飞扬，这让我想起一句话——高手在民间。他的画和谁都不一样，他画的是自己的心相，同样题材的，一幅和一幅都不一样。我感叹他想象力的丰富，创作的激情高涨，脑子里不知藏了多少不为人知的锦绣图案……

李老师绘画题材涉猎广泛，既画山水，也画花鸟。李老师除了绘画，对绘画的姊妹艺术诗歌、音乐、国学也有涉猎。他有综合的文化修养做沉淀，加之他的勤奋、他的才情，有理由让我们对他未来的艺术成就有所期待，愿他未来的艺术之路越走越远，佳作不断！

画品如人

——评米龙国画艺术作品

米龙先生是我在骊山创作中心第 45 期培训班的同学，后来又是第 53 期培训班的班长。这几年，他在书画圈火爆走红，频繁亮相各种画展，经常走出国门进行艺术交流，他招生传授画艺，那简直是期期爆棚。这一切足以彰显和证明他艺术创作的实力。

他近年来主攻写意葡萄，并将西方绘画的光影技法和中国画的传统技法巧妙地融合在一起，成功地形成了自己独特的艺术风格。他画的葡萄，是对传统葡萄画法的颠覆，他走中西结合的路子，把西方绘画的元素渗入中国画之中，大胆创新，形成自己鲜明而独特的米氏艺术特点，深受大家喜爱。

我不是看他画价一路飙升，声名鹊起，为他点赞，而是作为同学，见他在研究中国画创作中，找到了中西结合的突破口，形成了自己独创的艺术特色，为他欣喜、骄傲和自豪。每一个传承国画艺术的人，如果都能像他这样，在传承国画优秀传统的同时，开拓创新，那么我们的国画艺术何愁不能发扬光大！

行话说：画品即是人品。米龙先生一直在低调做人，高调做事。

我知道，他家里弟兄五个，他排行第五。早年家里穷，买不起颜料，只能用铅笔画素描，只需一张纸、一根铅笔、一块橡皮。虽然成本低，可这正好成为他潜心作画的动力。他从学画到现在，总是随身带一个小本子，走到哪里画到哪里，素描一画就是九年，能不磨出一剑吗？！

听他讲过，他为钱哭过两次。一次是让美院“教授”骗了。米龙先生 7 岁开始学画，参军后，每月补贴只有七元钱，用钱的地方很多，他省吃俭用，还存钱，好不容易存了 30 元钱，却让一个自称是“美院老师”的人骗了，那人自称“要去新疆写生，把钱丢了”，米龙先生想跟人家搭讪，向人家请教画画技术，毫不犹豫地把 30 元钱借给那人了，结果那人拿了钱就跑了。

他又好不容易攒了点钱，给尊敬的老师买了礼物，结果礼物还没送一不小心就摔碎了。经济拮据本来已经够心酸的了，屋漏偏逢连夜雨，困苦就像一条饥饿的狗，一直追赶他，使他喘不过气来，他能不哭吗？然而，他流出的是眼泪，收获的是沉静的心。

“宝剑锋从磨砺出，梅花香自苦寒来。”作为一个寒门子弟，没有背景，没有关系，没有靠山，只能靠自己努力。军人生活是他潜心作画的财富。众所周知，部队是个大熔炉，炼造的是人的毅力和勇气。米龙先生就是靠自己坚强的毅力，一步一步走到今天。

功夫不负有心人。艺术创作要靠坚实的基础。由于米龙先生持之以恒地创作，造就了他过硬的造型能力和创作技巧。

文以载道，艺亦载道，有什么样的人品，就有什么样的艺术作品。他的人品就像晶莹剔透的葡萄，敞亮而具有张力。

果实累累

——画家胡西铭国画艺术赏析

胡西铭，生于 1939 年 12 月，国家一级美术师。曾任西北书画院副院长，现任中国少林书画院名誉院长、陕西金石书画院名誉院长。

我是在一个偶然的机会下，认识胡西铭老师的。他给我的第一印象是没有画家的架子，平易近人，即使对没有什么资历的年轻人，他也是真诚相待，平等相处。

确切地说我是先认识他的画，后认识他的人的。早在二十多年前，我还是个中学生时，在同学家里看到了胡老师的一幅葡萄画作，我惊呼："这葡萄画得真好！"我记得那葡萄珠翠玉滴、晶莹剔透，满筐圆实骊珠滑，看着就让人味觉生津，嗅觉生香。二十年后，我有幸认识胡老师。后来，我也加入画家的行列，切身体会到作为一个画家的不易。

胡老师为人低调，不爱张扬。他说："一个艺术家是要用作品来说话的，而不是靠人吹哩。"他有强烈的平民意识，能走进老百姓的心，所以老百姓喜欢他的画。对于应接不暇的求画者，胡老师仍然千方百计让其满意，他笑着说："艺术来自生活，来自人民，自当归于人民！"人说，文如其人，我说，画如其人。他的画正如他的人一样，朴实无华。然而，正是从这朴实无华中显示出他的人格魅力和他的画作魅力。想必这是他的画能走近老百姓，走入千家万户的真正原因吧！

多年来，他在陕西书画界因画葡萄和牡丹博得许多赞扬。西安文化界每逢有重大活动，都会邀请他参加，无论坐在台上还是台下，他总是心平气和又谦逊，从不与人争高低。

1959 年胡老师师从康师尧先生研习国画，并先后得到石鲁、何海霞等大师的亲自指点。他的作品师承传统，又有独创。其花鸟画，不仅注重线条、墨色的运用，还善于通过西方绘画的透视、色彩、光影等手段描摹对象，造成视觉上的美感和冲击力。在他的笔下，牡丹娇艳，兰草幽雅，梅花冷艳，秋菊傲霜，翠竹挺拔。

胡西铭的花鸟画、山水画及书法，能让人联想到古老而深奥的"太极"，感受到"天人合一"的哲学理念，感受到对自然的敬畏，对生命的崇拜。《文心雕龙·风骨》主张写文章讲究风骨。绘画也是如此，对自然风物观察专注，动心动情，方能积淀成思，运于手腕，积力于笔，做到落笔刚正，线条流畅，以骨为核心，突出传统思想力量——表现为"骨"；从光影明暗、色彩浓淡、藤蔓曲直的逻辑性的对应，而进入艺术性的意向情感、风格的抒发——表现为"风"。"骨"之外有"风"，"风"裹着"骨"更为美妙。胡西铭的国画就达到了"先有风骨俊，后又翰墨香"的艺术品位。

任何天才画家的作品，在其生动逼真的自然万物气象的背后，是人的感官对客观事物独到的感知与理性体悟和思考，是人对自然生命与自身生命的崇拜。凡·高的向日葵，郑板桥的竹，徐悲鸿的马，李苦禅的鹰，齐白石的虾等，无不是人的生命与自然生命融通神会而生出的诗情画意与灵性之光。胡西铭的花鸟正是人同天地生灵天然和谐之美的艺术表达，是人与花鸟共命运、同情怀的心灵写照。

胡西铭老师几十年对艺术追求坚持不懈，孜孜不倦。耄耋之年，他仍创作百米长卷《户牖内外》，其创作灵感来自《道德经》的“不出户，知天下；不窥牖，见天道”的精神内涵，旨在通过自我修养的功夫做内观反照，净化欲念，清除心灵的蔽障，以本明的智慧、虚静的心境去观照外物，去了解外物运行的规律。

胡老师立足传统，追求新意，融中西绘画技巧于一体，其作品的高远意境，既有传统精神，又富时代新意，飘逸洒脱，舒展大气，雅俗共赏，风格独特。浓密而炽烈的感情，构成了属于他自己同时也与人类精神相互沟通的世界，奠定了他在当代中国画坛的地位。

胡老师仔细品味着人生艺术，艺术人生，从虚到实，从实到虚，从拙到巧，由巧反拙，悟入空灵。正如他所说，我愿毕生在这条只有源头而无尽头的艺术长河里畅游，沿着这条漫长的布满荆棘的羊肠小道走下去……

若兰如云

曾经看过一部纪录片《问道终南》。片中女医如是，袭一身洁白棉麻长裙，一颦一笑，举手投足间无不透出优雅朴素、美丽清新之态。尤其是她那双清澈的眼睛，犹如处子般纯净明亮。这位不施粉黛的女子，素衣飘巾，布袋随身，竟然清雅脱俗，气质夺人！

人的容颜可分三等：三等在皮（表）相，二等在精神，一等在生命。她便是这一等之人！不皆因其容颜，是其拈草为药，汲水做引，游走于山野之间的仁心妙手，在终南山下传承中医道医，以医济世，广布仁心。

生命是一场又一场的相遇和别离，是一次又一次的遗忘和开始。我和如是医生只有过一面之缘。此刻，窗外电闪雷鸣，我翻看如是医生的微信和抖音，映入眼帘的是她穿着香云纱的长裙在院中旋转着，裙裾在青山绿水的底子上飞扬，恍若神仙下凡，飘逸洒脱，或肩挎背笼或手提篮子，采花、采药，超凡脱俗的气质，深深地吸引着我。

女医如是，号郁罗姑姑，道名“袁资道”。红尘中执业医师出身，后归于山野，居于终南山中，如今是“如是医庵”女掌门——道家仙姑。

女医如是追求心灵自由,放下世俗牵绊,回归自然,隐居终南山,过日出而作、日落而息的简单生活。她常袭一身白色长裙,背着药箱,行走在青山绿水间,悬壶济世,治病救人。她不受名利负累,追求心灵自由,像一朵洁白无瑕的云朵,无拘无束,自由自在。她让我想起一个美好的词:若兰如云。

若兰可直译为像兰花一样淡雅、朴素,通常用来指女性的姿态、外貌很美丽清新。曹植在《美女篇》中说:“顾盼遗光彩,长啸气若兰。”

在中国文化中,云是自然的象征,也是一种人生境界的写照。云随风动,顺应自然规律,与自然融为一体,坦然遨游于太空。

人有了云的气质,就会不为世间的变幻莫测所困扰,随风而动,顺应万物,与万物相融,就没有内心的波澜起伏,从而能坦然面对一切事物。在中国文化中,先秦道家以及魏晋玄学都崇尚这种追随自然本性的精神气质。

道家认为兰在自然中,得到了山水之灵气,不论是香气、花容和叶姿,都有超凡脱俗的仙气,是祥瑞之物。它在幽谷、空山中独芳,具玄妙的意象之美,是“天人合一”的精灵,是道家恬静、谦让和无争等人格境界的精神象征。

女医如是返璞归真,归隐山林,吃粗茶淡饭,过简单生活,一觉睡到自然醒。她和丈夫梵山居于深山,或室内吟诗看书,或茂林修竹边品茗,或牵手林间散步,或于山中采药,把日子过得和神仙一样。

“如是医庵”有一间治疗室,室内有两张罗汉床,这间小屋被她打整得很有禅意,她不想让那些来这儿治病的人觉得自己是病人。让来者觉得自己是一个很正常的人，在她看来是对治疗者的一种尊重。诊治费用不提，患者随缘，可多可少，亦可不取分文，真正践行了“医者仁心，方显大爱”的悲悯情怀，也真正践行了医者“仁爱天下，广济苍生”的最高追求。

医圣孙思邈《千金要方》云，医有三品，“上医医心，中医医人，下医医病”。古今欲行医于天下者，先治其身；欲治其身者，先正其心；欲正其心者，先诚其意，精其术，此可谓“医者仁心”。

《道德经》中有：“知其始末，则近道矣。”人是由身、心、灵三个层次合一组成的，因此医生治病也必须是三合一的。疾病对人产生的影响首先是情志系统（心），《黄帝内经》上说：“百病滋生，皆源于情志不畅”，因此高明的医生，一定是密切关注人的情志系统的。其次是气血系统（人），气血的循环和流动，对应的是人体的经络系统，要打通堵塞的地方，保持畅通。最后是物质系统（病），相当于西医，头疼医头脚疼医脚。

女医如是，深谙此道。她给人瞧病，就是从情志系统入手，即上医医心。心病还要心药治。她有悲天悯人之心，对待病人像对待亲人朋友一样。她瞧病的心术（法）其实很简单，就是和病人交心谈心，找出病根病源，疏导疏通，打开心结，对症下药。换句话说，就是成为他们的朋友和精神支柱，让病人情志舒畅，情绪稳定。加之她的药品质量上乘，基本上是药到病除。况医者本身的修为和生活方式应是一剂上上药引。

与传统的隐居生活不同，如是和梵山并非为了躲避都市的热闹繁杂而隐居终南山，而是人到中年，是非黑白已能明辨，恩恩怨怨亦能放下，再加上他们有生存的能力，可以选择回归山林。他们夫妻所怀的是一种“吾心安处便是家”的情怀，城市与山林对于他们都一样，不过是心灵和肉身的一个寄居点而已。

滚滚红尘中，也许很多人心中或多或少都有一个归隐的情结，但真正能放下名利的负累，迈出这一步的践行者，少之又少。

其实，一个人，无论是“隐于野”“隐于市”，还是“隐于朝”，只要有发自内心的愿望，保持内心清净，应无所住而生其心便好。

当今社会，人们内心浮夸，追求功名利禄，迷失了方向，失去了内心的纯朴和真实，狂热追求奢华的生活，为了达到自己的目的，不惜互相算计和伤害。

而如是女医，就像兰花般深藏空谷，几片舒展的叶，数朵淡蓝而清白的花，沉静优雅，不与众芳争春光，不与日月争短长，自然生长，安之若素，在天地间清甜绽放。

天做被地做床，和自己的爱人倾心相守，品茗安顿时光，翻几行唐诗宋词，情趣越来越精致，心不容纳灰尘，独享安然而自得的时光。得也罢，失也罢，美也罢，丑也罢，醒也罢，醉也罢，与快乐相伴，与静谧为友，把自己装扮得脱尘出俗，恬淡清新，让负累的心清宁蕙质；气如兰，心淡雅，质生慧，青山绿水，心意嫣然。

其实，对于一个人来说，生活的成本并不高，只要心里平静丰盈，一书一榻，一粥一茶，日子在粗茶淡饭中一样过得清净高雅，有滋有味。服饰不求奢华，清清爽爽就好，爱情不求轰轰烈烈，真心厮守就好，不求诸事遂意，平凡健康就好。这便是上天赐予的最大的福报。

与其在俗尘中碌碌沉浮，何不效仿如是女医，放下羁绊，牧心于天地间，抱朴守初，勇敢地做一个风轻云淡的人，不争不抢，不急不躁，不辜负自己，不将就生活，保持一颗健康向上的心、一种怡然自得的度、一个活出真性的意、一种活得潇洒的态、一片泰然自若的情，始终保持独立的人格，守卫心灵的一方净土，淡定于心，从容于行，踏实做事，方正为人，快乐生活，若兰如云、如诗、如画、如花、如茶、如书，清逸香远……

人要艺术地生活

近日重读朱光潜先生的《谈美》一书，比起先生的《文艺心理学》一书，好读了许多！因为是书信形式，再加上它是一本美学入门书，读起来，简单易懂。

早年上大学时就读过该书，只遗憾当时没有认真去读，未能领会其深刻的精神内涵。

《谈美》全书共有15个话题，也就是15封信。首先引起我注意的，是朱光潜所说的“免俗”的观点。他提出的“免俗”，即是对“利害圈”和物欲要有一些超越，有一些精神的寄托，有一些理想与情趣。其中艺术活动就可以起到这种超越利害关系的作用，在“无所为而为”中净化心灵，得到人格精神的提升。“免俗”的观点，也就是培养“美感修养”的问题。美感如何培养？其实就是个“态度”问题，或者说，“审美的态度”和“审美的眼睛”是要逐渐养成的。先生用了个非常有名的例子来说明这个道理。比如公园里有一棵古松，木材商可能注意掂量这棵树的木料能做什么用场，卖多少钱，这是“实用的态度”；植物学家可能思量这棵树应当归到什么属什么科，为何它能生长这么久，等等，这是“科学的态度”；画家会东想西想，观赏古松苍翠的颜色、盘龙的姿势，仿佛能感受到那昂然高举的气概，这就是“美感的态度”。朱光潜认为三种“态度”对人生都有价值，“实用的态度”当以善为最高目的，“科学的态度”以真为最高目的，“美感的态度”则以美为最高目的，各自功能不一样。但，“审美的态度”一般人最为缺少，所以生活忙忙碌碌，会觉得少“味道”。培养美感的态度和审美的眼睛，虽然没有什么实用价值，却可以“免俗”，可以净化心灵。

书中“开场话”中有一句话也让我感受颇深：“人要有出世的精神才可以做入世的事业。现世只是一个密密无缝的利害网，一般人不能跳脱这个圈套，所以转来转去，仍是被利害两个大字系住。”此话说得多好，像是为我量身定做的。我累，不是身累，而是心累，即被利害所羁绊，被名利所累，心灵一点也不自由。

人之所以异于其他动物，就在于除饮食男女之外还有更高尚的企求，美就是其中之一。是壶就可以贮茶，何必又求它形式、花样、颜色都要好看呢；吃饱了饭就可以睡觉，何必又呕心血去作诗、画画、奏乐呢。“生命”是与“活动”同义的，活动愈自由，生命也就愈有意义。人的实用的活动全是有所为而为，是受环境需要限制的；人的美感的活动全是无所为而为，是环境不需要他活动，而他自己愿意去活动的。在有所为而为的活动中，人是环境需要的奴隶；在无所为而为的活动中，人是自己心灵的主宰。

俗语说得好：“惟大英雄能本色。”所谓艺术的生活就是本色的生活。世间有两种人的生活最不艺术，一种是俗人，一种是伪君子。“俗人”根本就缺乏本色，“伪君子”则竭力遮盖本色。

俗人迷于名利，与世浮沉，心里没有“天光云影”，就因为没有源头活水。“伪君子”则于“俗人”之上，又加上“沐猴而冠”的伎俩。他们的特点不仅见于道德上的虚伪，一言一笑、一举一动，都叫人起不美之感。谁知道风流名士的架子之中掩藏了几多行尸走肉？无论是“俗人”还是“伪君子”，他们都是生活中的“苟且者”，都缺乏艺术家在创造时所应有的良心。像柏格森所说的，他们都是“生命的机械化”，只能作喜剧中的角色。生活落到喜剧里去的人大半都是不艺术的。

最后，《谈美》末篇《慢慢走，欣赏啊！》说的是“人生的艺术化问题”。过一世生活好比做一篇文章。完美的生活都是上品文章所应有的美点。文章忌俗滥，生活也忌俗滥。朱先生借用阿尔卑斯山路上的一幅著名的标语送给青年朋友：“慢慢走，欣赏啊！”

所以，人要挣脱利害的羁绊，不为名利所累，放飞心灵，要艺术地生活。人生的境界有很多种，能够达到艺术化的人生，则可以说“今生无愧矣”。

代后记：
写书是一件很不容易的事

庚子年新春，武汉封城，也就是新冠肺炎疫情最严重时，我先是上火、便秘，后来是严重失眠，半个月下来，人瘦了十多斤，只好硬着头皮去医院。街上异常空旷冷清，仿佛进入无人区。到了医院门口，更是戒备森严。医生全副武装，穿着厚厚的防护服，只能看到两个眼睛。当我靠近医院门口时，远远地，值班医生便用警惕的目光把我从头打量到脚，问的第一句话就是“发烧吗？”，我说“不发烧”。医生又问“那你看什么病？”，我说“失眠”。医生脸上紧绷的肌肉开始舒缓，“嗐！我还以为是什么病呢！”他让我出示身份证登记，量体温后，叮嘱我：“非常时期，务必保护好自己。没啥大病，最好不要来医院。”我点头应了声“是”，就匆忙去急诊室开药。

我知道，这是因为我写长篇小说长期透支身体的结果。写书，是一种玩命的工作，必须有一个好身体。

每写完一部长篇小说，我像蛇一样，都要蜕一层皮。每当我把书交给出版社后，我的心一下子就空了，像是被人摘走了。如同十月怀胎，一朝分娩，却把自己刚生下的孩子送给了别人，你说心能不空吗？每写一部长篇，就像怀了一回孩子，而且一怀就是好几年。其间，孩子用脚踹我，用手拧我，用头撞我，把我折腾得精疲力尽。书中的每一个人物，都是和我有感情的，他们让我寝食不安，牵肠挂肚。他们时时刻刻都牵动着我的心，我和他们一起哭，一起笑，同生死，共患难……

写书，尤其是写一部好书，的确是一件很不容易的事。没有切腹剖心的勇气和能力，怎么可能成就一部血髓肝胆之作？如果没有血髓肝胆之作，怎么能对得起为你效力献身的字和纸，以及读书人的银钱和时间？

读书，尤其是读一部好书，常常使我对写书人由衷地起敬。

写书，尤其是写一部好书，那的确是一件很不容易的事。